AS PERGUNTAS

ANTÔNIO XERXENESKY

As perguntas

Companhia das Letras

Copyright © 2017 by Antônio Xerxenesky

Grafia atualizada segundo o Acordo Ortográfico da Língua Portuguesa de 1990, que entrou em vigor no Brasil em 2009.

Capa
Bloco Gráfico

Ilustração de capa
Vicente de Mello

Preparação
Cristina Yamazaki

Revisão
Ana Maria Barbosa
Thaís Totino Richter

Os personagens e as situações desta obra são reais apenas no universo da ficção; não se referem a pessoas e fatos concretos, e não emitem opinião sobre eles.

Dados Internacionais de Catalogação na Publicação (CIP)
(Câmara Brasileira do Livro, SP, Brasil)

Xerxenesky, Antônio
    As perguntas / Antônio Xerxenesky. — 1ª ed. — São Paulo :
Companhia das Letras, 2017.

    ISBN 978-85-359-2954-6

    1. Ficção brasileira I. Título.

17-05521   CDD-869.3

Índice para catálogo sistemático:
1. Ficção: Literatura brasileira 869.3

[2017]
Todos os direitos desta edição reservados à
EDITORA SCHWARCZ S.A.
Rua Bandeira Paulista, 702, cj. 32
04532-002 — São Paulo — SP
Telefone: (11) 3707-3500
www.companhiadasletras.com.br
www.blogdacompanhia.com.br
facebook.com/companhiadasletras
instagram.com/companhiadasletras
twitter.com/cialetras

Houve uma época em que as noites eram para dormir, um sono profundo, sem sonhos. Eu não consigo dormir. Fico acordado a noite toda, até amanhecer. [...] *Neste período, os pesadelos vêm até nós. E, se estamos acordados, sentimos medo.*

Ingmar Bergman, A *hora do lobo*

Para Gabriela Castro

e

Em memória de Natalia

ALGUNS ANOS ATRÁS

No começo era difícil: ela acordava gritando, urros tão desesperados que despertavam os pais e o irmão, eles corriam em direção ao quarto dela imaginando uma tragédia ou no mínimo um acidente sanguinolento e a encontravam na cama, com o torso erguido, as mãos apoiadas no colchão, agarrando com força o lençol, as unhas quase rasgando o tecido, e os gritos iam diminuindo até ela entender o que tinha se passado, até compreender e localizar a linha divisória entre o mundo dos sonhos e a realidade, então ela ficava em silêncio enquanto os pais e o irmão perguntavam "o que foi, o que foi?" e ela respondia com uma voz rouca de quem arranhou as cordas vocais que "foi só um pesadelo", mas ela sabia que a explicação era simplista, que não valia a pena repetir o que contara aos pais nas primeiras vezes que acordou gritando, isto é, que mesmo depois de acordar, continuava enxergando sombras no quarto, e seu pai, do alto do seu cientificismo, explicava que o cérebro demora um pouco para entender que não está mais sonhando, ainda mais quando a pessoa desperta assim, de repente, e que continua projetando imagens residuais do pesadelo.

Era um fenômeno absolutamente normal, contava o pai, todo mundo tem isso, é a mesma lógica por trás de acontecimentos corriqueiros como, por exemplo, enxergar a palavra "banheiro" ou "WC" onde não está escrito porque estamos na rua com muita vontade de ir ao banheiro, e ela respondia ao pai que isso nunca tinha acontecido com ela, nunca enxergou "banheiro" ou "WC", exceto nos locais corretos, e o pai dizia que era apenas um exemplo de como o cérebro apronta conosco, ele é cheio de truques. Ela perguntou por que então ele e a mamãe não acordavam gritando.

"Porque nós já estamos acostumados com isso", ele disse.

Ela não perguntou mais nada. Imaginou o pai acordando, vendo uma sombra à distância caminhando em sua direção, e ele descartando a cena com um gesto de "que bobagem", como se aquilo fosse algo comum, como se não houvesse um momento de descrença na explicação neurológica.

É possível alguém ter tanta fé assim na ciência?, ela se perguntou um dia. Na época, aos treze anos, ela ainda tinha algum resquício de fé em Deus, fazia o sinal da cruz ao passar em frente a uma igreja, imitando a avó, mas sentia que sua religiosidade era apenas residual, algo de hábito, que nunca fora forte, nunca fora relevante, e logo desapareceria por completo. A questão era: quando finalmente abandonasse esses atos mínimos que a ligavam a uma religião, finalmente adotaria a frieza científica do pai?

As sombras continuaram a visitando. O pior dia ocorreu aos quinze anos, quando estava numa casa de praia alugada no litoral catarinense. E então, às nove da manhã, ela despertou de um sono tranquilo e gostoso, olhou para o lado, para a cama vazia reservada ao seu irmão, e viu uma sombra deitada na cama, uma sombra humana cuja silhueta lembrava, em altura e volume, a de seu irmão.

Gritou até perder a voz.

Ela tomou aquilo como um sinal. Tinha ido para a praia com a mãe um dia antes, e o irmão chegaria com o pai somente à tarde. Acordar e ver a sombra parecia o presságio de uma tragédia que nunca aconteceu. O irmão e o pai chegaram bem, a salvos, e insistir nessa história soaria como loucura.

Por sorte, a frequência desses acontecimentos foi diminuindo com os anos, até quase cessarem, até ela esquecer do assunto e associar os gritos a um passado adolescente. Além disso, as ideias de seu pai foram ganhando espaço, ela acordava, via as sombras, tomava um susto inicial, mas não se deixava vencer pelo desespero, engolia o grito, escutava em silêncio o coração golpeando com violência a caixa torácica, pensava *é só um truque do cérebro* e esperava a imagem evanescer na luz da realidade.

Às vezes, quando está numa festa e após algumas cervejas, todos entram numa conversa sobre fantasmas, jogo do copo, espíritos, ela cogita comentar as suas sombras, mas geralmente fica em silêncio, pois sente que não está de fato livre delas, que, se trouxer o assunto à tona, talvez na manhã seguinte volte a receber uma daquelas visitas.

DIA

O quarto está terrivelmente escuro, pois a persiana não deixa passar o menor rastro de luz, não há um só ponto luminoso vermelho de uma televisão esperando ser ligada, nenhum equipamento eletrônico em modo de espera, mas Alina sentiu que é hora de acordar, seu sono já não é imagens e sons, mas apenas uma bruma densa onde o corpo parece afundar, e então o alarme do despertador disparou, é um toque que ela tinha escolhido pensando num despertar leve e calmo, mas o som era histérico como qualquer outro que escapa do celular, e a luz do aparelho começou a piscar de forma epilética, e com o braço Alina conseguiu alcançar o monstro e apertar o botão de soneca, permitindo mais dez minutos de sono que sabia que não teria, pois nunca consegue voltar a dormir depois do escândalo do despertador. Ainda assim, permaneceu deitada, a cabeça mergulhada no travesseiro, aguardando o segundo toque, sabendo que o segundo toque indicava sete e quarenta da manhã e que ela não teria escolha a não ser levantar. De olhos fechados, tentou se recordar do último sonho, algumas imagens apareceram na tela escura de sua mente, e logo se arrependeu da tentativa.

Pegou o celular na mão, desativou o alarme, mas continuou ali na cama, criando forças para sair. O que mais a motivava a se levantar não era o risco de chegar atrasada ao trabalho, mas algo que havia lido na internet durante a semana, uma matéria sobre sintomas claros de depressão, que incluía dificuldade de sair da cama e começar o dia, a frase *a manhã é o pior momento para a pessoa deprimida*. Alina não era clinicamente deprimida, não que soubesse, mas às vésperas de completar trinta anos fora tomada por um medo de desenvolver a doença, como um idoso que procura indícios de que está nos primeiros estágios de Alzheimer ou demência.

Por volta das oito da manhã ela enfim se levantou, abriu a porta do quarto, percebeu que a porta da colega de apartamento continuava fechada, escutou um miado do gato que dormia no outro quarto, entrou no banheiro, abriu a torneira de água quente e esperou alguns minutos até a água aquecer, observando litros de água escorrerem pelo ralo, lembrando-se de todas as notícias alarmantes de que São Paulo ficaria sem água caso não chovesse, caso a população não mudasse de forma radical seus hábitos e não economizasse água. A ducha foi rápida e sem prazer. Alina retornou ao quarto enrolada na toalha e, por algum motivo, não acendeu a luz. Fechou a porta e ficou no escuro por um tempo, gotas de água escorrendo do cabelo e pingando no chão, sentindo o cheiro um pouco rançoso de um quarto que costuma permanecer fechado durante a semana toda, e tentava discernir a silhueta da cama, do armário, sentindo-se uma invasora num local povoado de fantasmas.

No ônibus, quase nove da manhã, Alina de pé, apoiou-se com a mão esquerda na barra de ferro e ficou mexendo no celular com a direita, vendo uma sequência de fotos de diferentes pessoas numa lista vertical, todas as festas que perdera na noite anterior, sua amiga bêbada em alguma cobertura em Londres, a imagem de uma praia de mar azul do Nordeste, que com certeza fora tirada ontem ou até mesmo antes, mas postada apenas agora, um protesto no Recife contra alguma atitude política sobre a qual Alina não sabia muito, uma foto de cinco minutos atrás com filtros que dão um ar antiquado a uma imagem do nome da pessoa escrito em um copo plástico de café, e Alina se deu conta de que saíra correndo de casa sem tomar café da manhã. O ônibus brecou de repente e ela quase perdeu os fones de ouvido. Na avenida Paulista, desceu um ponto antes, caminhou até o Starbucks e, após enfrentar uma fila de estrangeiros, conseguiu pedir um bolinho e um balde de café que ela esperava conter poderes mágicos de suspender o peso opressor do sono que pairava sobre seus ombros. Saiu para a rua, soprando o líquido pela fresta no copo de isopor enquanto caminhava. Um dia ela achou que tomar café em movimento era muito chique, muito elegante, e nos primeiros meses após ter se mudado para São Paulo sentia-se como nova-iorquina mesmo sem nunca ter visitado os Estados Unidos. Agora, experimentando o vento matinal, pensando no quanto estava atrasada para o trabalho, o tempo que teria que ficar a mais no seu cubículo por causa dessa demora, ela se sentia completamente idiota. Alina queimou sua língua com o café fervente, quase derramou o conteúdo do copo no vestido azul ao desviar de pessoas com uma prancheta na mão que diziam *só uns minutinhos* e *oi você pode responder a essa pesquisa rápida?*, e pensou por que ainda fazia isso, por que não tomava um café sentada, com calma, por que insistia em beber café em movimento, por quanto tempo ainda acharia aquilo algo elegante, sofisticado.

Alina entrou no edifício, passou o cartão que liberava a catraca, subiu ao vigésimo primeiro andar, o elevador vazio; afinal as pessoas não costumam se atrasar, pelo contrário, são capazes de organizar sua vida, até mesmo quem tem filho pequeno para deixar na escola, até essas pessoas conseguem tomar café da manhã saudável e tranquilo, e Alina saiu do elevador e pressionou o dedo contra o retângulo verde do controle biométrico que abre a porta de entrada do escritório, a máquina cuspiu um papel e ela leu seu nome seguido do horário 09:45:34, que significava que ela teria de ficar no seu cubículo até 18:45:34, e que se saísse um minuto antes haveria desconto no seu salário. Não que ela costumasse sair antes, pelo contrário, como dependiam do envio de material por parte dos clientes, inúmeras vezes fazia hora extra até de madrugada, mas, mesmo se saísse nesse horário específico calculado pela máquina, provavelmente chegaria em casa quase às oito da noite, cansada, seu dia teria se esvaído, nada de interessante teria acontecido, e a exaustão a dominaria de tal forma que a deixaria sem forças para qualquer coisa além de passar no supermercado ou na padaria para arranjar algo barato para comer enquanto assistia a alguma série antes de dormir no sofá.

Cumprimentou a secretária e passou pela estagiária que fazia cópias na máquina de xerox. Fora isso, não encontrou mais ninguém até chegar ao seu cubículo cinza, jogou a bolsa sobre a mesa e ligou o computador, tomando os últimos goles de café, agora numa temperatura aceitável, enquanto o símbolo do Windows aparecia na tela. Abriu duas janelas do navegador: numa, conferiu o e-mail de trabalho, a caixa de entrada com dez e-mails que ela preferiria não ler; em outra, seu e-mail pessoal, que ela não tinha conferido no celular durante a viagem de ônibus, e que trazia duas novas mensagens na caixa de entrada, uma de um amigo mandando um link de YouTube para a música nova de uma banda da qual ela gostava, e a outra que fez Alina sentir um arrepio pelo corpo inteiro antes mesmo de abrir a mensagem e que transmitiu o sentimento de que, ao contrário do que aquele início de manhã indicava, aquele dia não seria como qualquer outro.

Na semana anterior, após servir-se do pavoroso café aguado disponível na garrafa térmica, Alina recebeu uma ligação que indicava Número Desconhecido na tela do celular, e rejeitou o telefonema três vezes, supondo tratar-se de telemarketing. Na quarta ligação consecutiva, finalmente apertou o ícone verde, colou o aparelho no ouvido e aguardou a voz do outro lado da linha se pronunciar.

Era da polícia. Sentiu um aperto no peito e perguntou o que tinha ocorrido, imaginando que algum conhecido seu tinha sido baleado ou esfaqueado ou. A voz do outro lado da linha logo a tranquilizou, estava tudo bem, na verdade queriam saber se podiam contar com a consultoria dela num assunto. Alina, ainda sonolenta, não conseguiu entender o que poderiam querer com ela, pensou que era alguma brincadeira estúpida, mas a voz se apressou a dizer que tinham obtido o contato dela por intermédio da universidade, que precisavam de ajuda em algo relacionado à sua pesquisa. Alina concordou em ir à delegacia, que era razoavelmente próxima, naquela manhã mesmo, por volta das dez e meia, ainda sem entender de que maneira poderia ser útil.

Foi até o banheiro, arrumou o cabelo, respondeu alguns e-mails pouco exigentes, escreveu ao chefe informando que tinha marcado um médico naquela manhã, desceu ao térreo e pegou um táxi para ser pontual.

Chegou envergonhada à delegacia, como uma pessoa convocada para um encontro às cegas. Na recepção, pediu educadamente para falar com a delegada Carla, demonstrando uma formalidade um tanto artificial. Estava nervosa e, ao mesmo tempo, sonolenta demais para sentir os efeitos da ansiedade, como se visitar uma delegacia naquele horário matutino fosse a extensão de um sonho muito esquisito. Foi encaminhada a uma sala estreita iluminada por luz fluorescente branca, onde se sentou em uma cadeira de metal preta ao lado de pessoas cujos problemas pareciam muito mais graves que os dela. Ali ficou por poucos minutos, até a delegada aparecer, uma mulher loura, de cabelo na altura dos ombros e encaracolado, óculos pendurados no pescoço por um fio de plástico. Uma mulher de uns quarenta e poucos, Alina supôs. Carla a conduziu a outra sala, igualmente iluminada por tubos fluorescentes brancos, enquanto as outras pessoas permaneceram à espera, como se estivessem acostumadas a ficar horas em salas como aquela.

"Bom dia", começou a delegada, acomodando-se numa poltrona estofada marrom enquanto apontava uma cadeira preta de escritório para que Alina se sentasse do outro lado da mesa.

"Você aceita um café?", perguntou, educada.

Alina negou com a cabeça, ansiosa.

"Como posso... ajudar?", Alina perguntou, a voz oscilante deixando entrever parte do nervosismo, quase achando que tinha feito algo de errado perante a lei.

A delegada sorriu de leve, percebendo o absurdo da situação, e questionou se Alina sabia por que tinha sido chamada, ao que ela respondeu com um "não" instantâneo. A delegada explicou que ligou para a universidade pedindo o contato de algum professor de história especializado em história das religiões, ou, mais especificamente, em ocultismo, ou seitas e cultos satanistas.

"Então você falou com o Marcos e a Janete?", interrompeu Alina.

"Esta é a questão: eles estavam sem tempo de falar comigo. Os dois viajaram para um congresso na Inglaterra e só voltarão daqui a duas semanas. Aparentemente alguns professores de história estão ocupados demais para colaborar com a polícia."

Alina sorriu e concordou. A mesa da delegada era ampla, mas encontrava-se quase toda coberta por papéis, fichários, fotografias e, em algum lugar no meio dessa bagunça, um aparelho de telefone e um porta-retratos com uma foto de Carla e uma criança, que Alina supôs ser o filho dela.

"Pedi para indicarem algum aluno de pós-graduação ou pesquisador. O professor Luiz me passou seu contato. E aqui estamos."

Alina se recostou na cadeira, sentindo certo alívio pela leveza da situação e já começou a desculpar-se: "Estou longe de ser uma especialista. Não sei se posso ajudar muito com...".

"Sim, eu vi seu currículo", disse a delegada, puxando do meio do caos um papel com o histórico escolar de Alina e outras informações que ela não conseguiu ver quais eram, nem sabia de onde a delegada havia tirado. "História das religiões e religião comparada. Não tenho certeza do que significa 'religião comparada', talvez você queira explicar. Realizou o trabalho de conclusão em Curitiba e o mestrado em São Paulo. As informações procedem?"

Alina concordou com um pequeno movimento de cabeça. A delegada tentou falar os longos títulos dos trabalhos, aqueles títulos pomposos de três linhas que eram quase obrigatórios para obter um diploma, e ainda repletos de termos que lhe eram estranhos. E então perguntou do doutorado, no qual Alina fora admitida havia pouco.

"Ainda estou decidindo a ênfase do projeto. O orientador sugeriu umas mudanças na base geral."

"E por que você escolheu essas... linhas de estudo? Você também se interessa por religiões afro-brasileiras? Candomblé, umbanda... Ou é algo totalmente diferente?"

"Eu até menciono candomblé nos trabalhos, todas as religiões afro-brasileiras, especialmente quimbanda, como ponto de comparação a esses pequenos cultos e doutrinas que têm no mundo todo. Mas já fizeram tanta pesquisa sobre isso. Seria só uma a mais. Pensei em estudar algo que quase ninguém..." Ela ia dizer "se importa", mas a piada ia se perder diante da formalidade da delegada, então completou com um "estuda".

"Os alunos de história que eu conheço se interessam por coisas mais concretas. Política nacional."

Alina suspirou.

"É, digamos que eu escolhi estudar assuntos que não ajudam muito na hora de encontrar emprego."

"Onde você trabalha?"

"Edito vídeos institucionais numa produtora. Na Paulista."

"Uma estudante de história que trabalha editando vídeos", a delegada repetiu, como se tentasse criar um perfil completo da pessoa diante dela.

"Paga o aluguel. O que é uma preocupação quando vai se fazer trinta anos."

A delegada assentiu e ofereceu mais uma vez um café, que Alina recusou.

"E você segue alguma dessas religiões aí?", perguntou a delegada com um tom que podia ser de desprezo, embora Alina não tivesse certeza.

"Não", respondeu prontamente Alina, notando que sua voz

ainda estava trêmula. "Nunca. Nem lembro o que me despertou o interesse nesses assuntos."

"De acordo. E você tem alguma religião?"

Alina pensou antes de responder. Olhou para o rosto da delegada, que agora parecia um pouco mais jovial. Talvez ela não seja muito mais velha do que eu, refletia. Uns trinta e cinco anos, cogitou, e ela só parece mais velha porque está de uniforme, tem um trabalho sério. Outras escolhas de vida, pensou. E enfim respondeu: "Não. Nunca tive, na verdade. Meus pais não... Quer dizer, sou batizada, já fui a algumas missas quando criança, acompanhando meus avós, e só".

Um silêncio caiu na sala por uns instantes, enquanto Carla folheava alguns papéis, e Alina decidiu perguntar: "E você?".

Carla levantou o olhar e respondeu com naturalidade: "Evangélica". Voltou a escrutinar fichas e papéis, até localizar uma página específica, que retirou da pilha.

"Este é o momento no qual você vai me dizer por que fui chamada aqui?"

Carla sorriu, disse que sim, enquanto deslizava um papel na direção de Alina. Era uma folha A4 com duas fotografias presas por um clipe. A mesma pessoa em dois ângulos diferentes, de perfil e de frente. Um homem com aparência de absoluto descaso e roupa arruinada e manchada.

"O.k., um mendigo", comentou Alina, com certa ironia. "É para eu responder se eu conheço essa pessoa?"

Carla não disse nada.

"Eu não conheço ele, não."

"Eu nem imaginava que você conhecesse. O que aconteceu é que encontramos esse indivíduo dormindo na rua, na Paulista, gritando coisas desconexas, atravessando a rua no meio dos carros, comportando-se de forma agressiva com pedestres. Uma pessoa em situação de rua, mas que necessitava ser retirada de lá por risco à sociedade."

"E...?"

A delegada limpou a garganta.

"Quando trouxemos para o fichamento, descobrimos que era uma pessoa desaparecida fazia algumas semanas. Na delegacia, o elemento demonstrou estar completamente fora de si, incapaz de responder a perguntas. Pelo que investigamos, não tinha histórico de doença mental. Consultei meus colegas, e suspeitamos que era alguma droga nova na praça, o que nos fez subir o alerta em relação a esse caso. Pedimos um exame de sangue. Encontramos maconha. Apesar de ser uma droga psicotrópica que pode desencadear doenças mentais latentes em indivíduos com certa predisposição, não justificava o estado em que ele se encontrava ou as coisas que dizia."

Alina analisou com mais atenção as imagens. O homem tinha o olhar da loucura que ela associava aos malucos que percorriam as ruas de São Paulo e pareciam habitar um universo à parte.

"Não pode ter tido um surto esquizofrênico do nada?", Alina perguntou.

"Aí que a coisa fica interessante", a delegada disse aparentando algo que parecia até certa empolgação. Ela dispôs sobre a mesa mais uma série de fotos de pessoas que moravam na rua. Alina olhou as imagens tentando reconhecer alguém. A delegada prosseguiu:

"Algo no caso me chamou a atenção. Aí resolvi bater com meus colegas de outras delegacias se tinham acontecido casos similares. Pessoas de classe média que constavam no sistema como desaparecidas e que depois de um tempo reapareciam nesse estado. O chefe solicitou uma avaliação psicológica do último caso e diagnosticaram algo similar a um surto esquizofrênico, sim. Como eu disse, alguns poucos jovens com predisposição genética podem ter um surto provocado pelo consumo de maconha, embora geralmente ocorra a partir do uso de drogas mais pesadas, como LSD. Entram em um estado de desconexão com a realidade e não voltam. Mas, analisando os pormenores do caso, a quantidade de maconha encontrada no sangue, o histórico psiquiátrico do indivíduo e de sua família, concluímos que não fazia sentido. Ainda mais depois de conversar com a família do sujeito. Uma informação importante que esqueci de mencionar: o indivíduo tem ensino superior completo. Não se encaixa no padrão de elementos em situação de rua."

"Uma vez eu li uma notícia de que São Paulo é campeã do continente em doença mental. É só caminhar pela Paulista que a estatística parece se confirmar."

A delegada fez que sim com a cabeça, enquanto revirava seus papéis em busca de outro documento.

"A questão é outra. O motivo pelo qual eu pedi a sua ajuda."

Puxou um papel da pilha, ajeitou os óculos no rosto e entregou-o a Alina.

"Você já viu esse símbolo?"

A folha de papel trazia um desenho em baixa resolução de nove triângulos apontando para baixo, que por sua vez acabavam formando um triângulo maior. Três triângulos na primeira fileira, três menores abaixo, dois triângulos na terceira fileira, e um último na quarta. À distância, via-se um só triângulo, não equilátero, mas isósceles.

"Olhe com atenção, sem pressa."

Alina respirou fundo, fitou outra vez o desenho, devolveu a folha.

"Nunca."

A delegada assentiu. Alina se sentiu inútil e começou a despejar informações.

"O triângulo é um símbolo muito recorrente em todas as religiões. Representa desde a Santíssima Trindade do cristianismo até... bem. Há muitas doutrinas ocultistas que usam triângulos. Há bandas que, para parecerem um pouco mais esquisitas, ou até mesmo *perigosas* para o público adolescente, que é suscetível a esse tipo de invencionice, usam triângulos no título. Truque barato, mas que funciona. Pode significar muita coisa. Um triângulo para cima pode ser a ascensão aos céus. O triângulo para baixo pode representar algo mais terreno. É o recorte da virilha feminina."

Olhou para Carla, que parecia estar apenas aguardando Alina terminar de falar.

"Sim, nós também temos Google aqui na delegacia."

"Desculpe, eu não quis..."

Alina pensou que tinha sido uma brincadeira para descontrair, mas a delegada nem sequer abriu um sorriso. Suspirando, Carla empurrou mais uma vez o papel em direção a Alina, batendo com a unha contra o desenho.

"Preste atenção: essa forma específica você nunca viu, certo? Em nenhum livro que você pesquisou. Essa disposição de triângulos."

"Não", Alina afirmou, categórica. Pensou em como poderia ser útil. "O número nove, o número dos triângulos, é bastante simbólico. Geralmente consideram um número muito negativo, pela proximidade da perfeição do dez", Alina acrescentou, mas notou que não estava muito segura dessa informação e receava ouvir outra vez um comentário sobre como a polícia sabe fazer pesquisas na internet.

"Certo. Certo. E você já ouviu falar em Ordem Metafísica Experimental?"

Alina colocou a mão no queixo e tentou se recordar de todos os nomes estranhos com os quais deparou no decorrer de suas pesquisas, desde os pequenos cultos de pouquíssimos seguidores, as diversas subdivisões das mais variadas doutrinas, cada uma com seu manifesto mais descolado da realidade.

"Não."

Carla espalmou as mãos.

"O.k., acredito que é isso, então. Pode voltar ao seu trabalho. Agradeço sua atenção."

"Não, espere. Fale mais. Talvez eu consiga me lembrar de algo."

A delegada tamborilou os dedos na mesa.

"Não há muito o que dizer. Chegamos a esse nome pesquisando o símbolo na internet. Recriamos digitalmente o símbolo e passamos por um sistema de reconhecimento de padrões. Isso nos levou à tal da Ordem Metafísica Experimental. Mas não foi possível localizar nenhuma informação sólida acerca do grupo. Investigando o nome, descobrimos que geralmente usam o termo 'metafísica experimental' para discutir algo sobre física quântica. Apesar de física ser algo totalmente alheio à minha área, acho que esse não é o caminho da investigação. Que não tem conexão com o caso."

"A grande maioria das pessoas que cita física quântica não tem a menor ideia do que está falando. Especialmente a turma esotérica. Tenho um amigo que fez física que me garante."

"Pois é. Devo admitir que também já me disseram isso. O que nos deixa com duas opções: ou esse grupo embarca nessa pseudociência, ou não tem nada a ver com esse uso do termo, é só coincidência."

"Isso. Coincidência. Acho que sim."

A delegada se levantou e caminhava em direção à porta quando Alina pediu novamente para que esperasse.

"E o que esse símbolo tem a ver com a história toda mesmo?", perguntou.

Carla se virou e contou o seguinte: aquele sujeito desenhava esses triângulos com qualquer material que tivesse à frente, fosse uma caneta ou mesmo as próprias unhas. Carla fez um sinal para que Alina olhasse para baixo, para a mesa onde estava com os cotovelos apoiados, e ali Alina enxergou o símbolo incrustado na fórmica da mesa, como se ele tivesse usado um canivete.

Além disso, Carla acrescentou, o homem fora trazido à delegacia com o desenho rasgado na pele, feito sabe-se lá com qual instrumento. Alguns cortes ainda estavam abertos.

Quando o homem se recuperou nos dias seguintes, devidamente medicado com calmantes, acompanhamento psiquiátrico, apoio da família, ele não foi capaz de dizer o que significava aquele desenho e jurava nunca ter visto aquilo antes na vida.

"O fato de que tinha uma seita, ou culto, ou grupo, ou seja lá como você quiser chamar", disse Carla, "usando esse símbolo, me fez pensar que algo muito maior estava em jogo. Não apenas uma droga nova, mas um culto perigoso. E isso me deixou preocupada, muito preocupada. Não quero abrir o jornal uma manhã dessas e deparar com uma mensagem sobre sacrifício de crianças."

Alina pediu desculpas mais uma vez por não conseguir ajudar a delegada e tentou tranquilizá-la, dizendo que o Brasil não tem histórico de seitas satânicas perigosas. A delegada entregou um cartão a Alina, pedindo que, caso ela viesse a encontrar alguma informação nas suas pesquisas, por favor entrasse em contato. Alina pegou o cartão, jogou-o de qualquer jeito dentro da bolsa, agradeceu e saiu.

Após a conversa na delegacia, Alina retornou ao escritório, mas não conseguiu se concentrar. Seu trabalho não exigia muito: na maior parte do tempo, ela editava vídeos publicitários ouvindo música, fones de ouvido isolantes de ruído colados na cabeça, com o Facebook na lateral e diversas abas abertas no navegador. Muitas vezes, precisava apenas cumprir ordens específicas, ajustes que fazia sem pensar, olhando números num e-mail e editando diretamente na linha do tempo do programa. Porém, ao voltar da delegacia, nem a tarefa mais básica parecia realizável. Era uma da tarde, e ela quis conversar com alguém sobre aquela manhã tão estranha. Olhou ao redor: ninguém do trabalho sequer sabia que ela era formada em história e estudava assuntos tão inacessíveis. Mandou uma mensagem a três amigos perguntando se alguém estava disposto a almoçar. Cláudia respondeu que adoraria, mas estava presa no trabalho, mal teria tempo de comer um sanduíche correndo. Júlia e Miguel responderam logo em seguida dizendo que aceitavam, e todos marcaram de se encontrar em um restaurante árabe em quinze minutos. Alina bloqueou a tela do computador, pegou a bolsa, marcou no controle biométrico de ponto a hora que estava saindo para o almoço e entrou no elevador sem falar com ninguém.

A cada andar que o elevador percorria, Alina sentia leveza por afastar-se daqueles cubículos cinza onde ela passava mais tempo do que em qualquer outro lugar. Quando as portas do elevador se abriram e ela passou a catraca e a porta giratória, deparou com os arranha-céus da Paulista, o sol colidindo contra todas aquelas janelas espelhadas, o murmúrio da multidão que passava por ali, centenas de pessoas apressadas, engravatados voltando do almoço, operários com camisas cinza manchadas de branco, mulheres que se equilibravam em saltos agulhas e que, ainda assim, caminhavam com destreza entre a multidão. A sensação não era incomum, mas vinha escasseando no último ano: o peito de Alina inflava e um deleite a inundava. Com algum esforço, achava São Paulo bonita, a São Paulo cinzenta e nublada que às vezes encontrava espaço para o sol, com seus prédios modernistas, cada um com sua altura, sem seguir nenhuma norma ou lógica, a ausência absoluta de um padrão estético, aquele amontoado de concreto colorido por fuligem se espalhando até onde os olhos são capazes de enxergar.

E, no meio da contemplação, notou que estava feliz: teve uma manhã que fugia do normal, da repetição de tarefas que qualquer pessoa minimamente treinada era capaz de executar. Mesmo sem ter entendido nada de sua ida à delegacia, mesmo sem ter ajudado em nada a investigação, sentiu-se relevante.

Quando se mudou para São Paulo — quando foi mesmo? Cinco, seis anos atrás? — a cidade lhe enchia de prazer diariamente. Todo dia conhecia alguém novo, sempre que ia ao bar conversava com alguma pessoa divertida e engraçada, todo fim de semana ela acabava indo parar na festa de pessoas que acabara de conhecer e com entusiasmo se juntava a elas na pista de dança, que muitas vezes era improvisada em uma estreita sala de estar, e sentia uma alegria libertadora em dançar com outras criaturas que pareciam compartilhar esse prazer de existir naquele local, naquele momento, naquela cidade, como se estivessem na Paris dos anos 1920, na Nova York dos anos 1940, e não naquela megalópole imunda num insosso século XXI. A cidade exalava potencial. As noites que Alina ficava em casa assistindo a um filme pareciam desperdiçadas, pois tinha certeza de que algo muito interessante ocorria em outra parte da cidade, em Pinheiros, na Vila Madalena, em Santa Cecília, no Centro, no Butantã. Sempre tinha um festival de cinema, uma exposição, uma festa na USP, um show de alguma banda esquisita num centro cultural distante.

Quando foi que tudo mudou? Quando passou a ter manhãs longas, nas quais não se sentia apta a sair da cama? Foram esses anos de trabalho, o emprego deixando de ser novidade, a rotina se dissolvendo numa poça de tédio e repetição? Teria sido como um relacionamento, de início a gente só enxerga maravilhas na pessoa amada, ignorando toda sorte de defeitos, até mesmo os mais óbvios para quem vê a cena de fora, mas, com o passar do tempo, a situação se reverte, as qualidades viram coisas comuns, indissociáveis da rotina, enquanto os problemas soam cada vez mais ruidosos?

Alina estava na calçada, oculta na sombra de um poste, junto a outras cinco, e então dez, e então quinze, e então vinte pessoas, todas juntas aguardando o sinal de pedestre lançar a luz verde, os carros passando, um minuto de espera, e então o sinal verde, todos atravessaram apressados, o tempo para pedestres sempre foi exíguo, e enfim ela alcançou o outro lado da avenida Paulista.

Quando chegou ao restaurante, Júlia e Miguel já estavam lá. Alina conversou amenidades com os dois. Como Miguel estava lidando com a nova vida de freelancer, trabalhando de casa, o fato de que neste mês a grana estava apertada e ele nem deveria ter ido ao restaurante, sobre o gato que Júlia adotara na semana anterior, tudo isso Alina escutou com ansiedade, não só porque não eram exatamente novidades, todos sabiam tudo de todos o tempo inteiro graças às redes sociais — Alina já tinha visto pelo menos cinco fotos do gato novo no Instagram e no Facebook —, mas porque queria contar o quanto antes a *sua* manhã. Então, logo após pedirem os pratos, interrompeu o silêncio com um: "Vocês não vão acreditar no que eu fiz hoje de manhã".

"Ai, pediu demissão, já vi", disse Miguel.

"Quem dera... Não. Fui à delegacia."

Os dois se entreolharam.

"Calma, não aconteceu nada. Uma delegada me chamou para ajudar num crime. Quer dizer, num caso. Ou algo assim."

"Mas por que você? Precisavam de alguma especialista em edição de vídeo para analisar imagens?", perguntou Júlia.

"Não. Por causa da minha pesquisa em história."

Um silêncio se espraiou pela mesa.

"Que é qual mesmo...?", perguntou Miguel, um pouco envergonhado de não saber.

"Ah, aquele lance de bruxaria", interveio Júlia.

"Sim, sim, agora lembrei", disse Miguel, num tom não muito seguro. "Nunca entendi esse lance. Sempre achei essa parada de satanismo coisa de metaleiro gordo e espinhento viciado em RPG."

"E esse lance de Wicca meio de menininha adolescente. Harry Potter feminista e hippie", complementou Júlia, que logo percebeu que estavam sendo um pouco rudes demais. "Mas, enfim, o que ela queria?"

"Ajuda para decifrar um símbolo. E saber se eu conhecia uma ordem esotérica."

"E...?"

"Nada. Eu não conhecia."

Todos ficaram em silêncio. O garçom apareceu trazendo garrafas de água e copos com limão espremido e gelo.

"Peraí. Isso é o fim da história?", questionou Miguel.

"Sim."

"Mano, que puta história sem graça", disse Júlia.

"É. Pensei que ia vir uma reviravolta. Que você procurou na internet algo e descobriu coisas incríveis. Uma seita maligna que sacrifica virgens ruivas."

"Não. Na verdade, nem procurei as informações on-line. Supus que a delegada já tivesse feito isso."

"Ah, sim, afinal a polícia entende muito de internet", ironizou Júlia.

"Essa delegada parecia saber das coisas, até."

"Pelo amor de deus, Alina, chega no trabalho e investiga isso aí", disse Miguel.

"É. Como se você tivesse algo melhor para fazer no resto da tarde...", acrescentou Júlia.

Outro garçom apareceu com uma bandeja cheia de esfihas. Alina tomou um gole da água com gás e resmungou um abafado "Pois é...".

O assunto logo mudou para a festa de Cláudia na semana seguinte, que os três disseram que mal podiam esperar, afinal todos os aniversários dela tinham sido antológicos, e esse não seria diferente, e embora Alina concordasse verbalmente com tudo, sentia uma preguiça imensa de ter que ir, pois sabia que de fato seria igual a todas as outras, que terminaria com uma ressaca pavorosa no dia seguinte, uma sensação febril, o corpo fervendo, a mente esvaziada, apenas lembranças imprecisas e esparsas da noite anterior, luzes piscando, uma vaga sensação de euforia. O resíduo da festa seria uma vontade de nunca mais sair da cama, de permanecer sob os lençóis, com o despertador desligado. Quando foi que São Paulo se tornou isso para mim?, Alina se perguntou.

Logo que regressou ao trabalho, Alina ignorou as tarefas imediatas, os e-mails do chefe e fez uma pequena busca por símbolos religiosos que exploram triângulos, mas não achou nada similar àquele específico. Pesquisou o número de triângulos, nove — numerologia era seu ponto fraco, não conseguia memorizar tantas teorias discordantes — e, no primeiro achado, confirmou a informação que tinha dado à delegada. De acordo com Manly P. Hall, historiador de religiões que os americanos amam, o número nove está associado a problemas e erros, devido à proximidade do perfeito número dez. Madame Blavátski, fundadora da teosofia, também era receosa quanto ao número nove, que definia como "mau sinal". Se o número seis representa o espírito divino, afirmava Blavátski, o nove aponta para o terreno. A descida dos céus à terra: um triângulo para baixo. Talvez houvesse conexão, mas caso Alina se deixasse levar pela numerologia, encontraria uma explicação misteriosa em cada canto: rosacrucianos definem o nove como "o número de Adão", "a idade secreta de Jesus (3×3)"; o tarô tem como nono arcano maior a importante figura do Ermitão, que se isola em busca de autoconhecimento. Alina suspirou. Sabia que não ia encontrar uma resposta consensual sobre o significado de um número. Ainda assim, prometeu para si mesma que ia procurar o número nos seus livros assim que chegasse em casa.

Digitou, então, "metafísica experimental" no Google. Apareceram várias páginas com uma conversa sobre mecânica quântica, como a delegada havia mencionado, e algumas claramente absurdas. Em nova pesquisa, procurou por "ordem metafísica experimental São Paulo". O primeiro link apontava para um Tumblr. Alina clicou e deparou com o desenho que a delegada havia mostrado: nove triângulos apontados para baixo, naquela disposição peculiar, formando um triângulo maior no seu conjunto. A seguir, uma série imensa de fotos, desenhos, imagens desconexas, um Tumblr típico. Filmes de terror europeus dos anos 1970, livros antigos, desenhos de satã extraídos sabe-se lá de qual enciclopédia, páginas de um grimório, um frame de *Häxan*, documentário dos anos 1920 sobre bruxaria, fotos com insinuações sadomasoquistas. Há vários setores da internet que se tornaram caricatos. Quando a internet surgiu, todos pensaram que seria o território mais heterogêneo do universo, um deserto onde cada grão de areia tem uma cor única, mas logo o mundo se reagrupou em nichos, e esse microcosmo de pessoas interessadas no *caminho da mão esquerda* era familiar demais a Alina.

A iconografia era tão recorrente que o meio se tornou um pastiche de si mesmo, pensou. Mas, de toda forma, todas as religiões dependem de uma iconografia, da construção de um imaginário, e pelo menos boa parte desses grupos consegue produzir um efeito estético mais perturbador — portanto interessante — do que as imagens de Jesus louro e sorridente no campo ou de Jesus morrendo por nossos pecados, banhado numa luz purificadora. Por isso muita gente se interessa por ocultismo: o código estético é muito menos kitsch do que o das religiões oficiais. Ninguém associa cristianismo a Bach e Pasolini, mas a panos de prato com mensagens reconfortantes e correntes de Facebook afirmando que Deus ama a todos nós.

Enquanto navegava por aquelas imagens — mulheres amarradas em cordas, caminhadas noturnas, pessoas trajando capa escura no meio de um campo que ela supunha ser na Noruega —, Alina também pensou na imensa quantidade de gente que se envolve com essas crenças e práticas apenas para chocar e ofender uma tradicional família cristã, e refletiu que ela provavelmente veria isso com menos ironia se tivesse tido uma educação mais repressora, se pudesse simpatizar com o desejo de ruptura.

Alina voltou ao topo da página e percebeu que o símbolo triangular podia ser clicado. Ao fazê-lo, foi levada a uma páginana de contato que mostrava apenas um e-mail genérico, com o mesmo nome do Tumblr, e nada mais, sem expor o nome do responsável pelo site.

Ela fechou o navegador e trabalhou um pouco mais. Conferiu a sincronização de uma música em um vídeo institucional, ajeitou o fade-in e o fade-out, tentou remover um leve ruído de ar condicionado que havia no fundo da gravação da fala do CEO de uma empresa de tratores.

Abriu outra vez o navegador. Começou a digitar "ordem" na barra de URL, e o navegador automaticamente completou com o link que ela tinha visitado. Clicou na página de contato. Viu o endereço de e-mail mais uma vez. Olhou ao redor, escutou o som de teclados distantes, e, como ninguém conversava, podia ouvir o som de músicas abafadas dos fones alheios. Levantou-se: viu telas preenchidas com Candy Crush e outros jogos simples de redes sociais. Uma pessoa do jurídico assistia a um vídeo de uma moto percorrendo longas estradas vazias, tudo filmado com uma câmera presa no capacete do motorista. A vantagem de trabalhar num cubículo é que só notam o que você está fazendo no seu computador quando alguém se levanta, e a maior parte das pessoas fica estacionada na cadeira o dia todo.

Começou a escrever o e-mail. Abriu com um "olá" despretensioso. Explicou: "Sou uma pesquisadora que estuda a persistência das doutrinas e crenças ocultistas no contexto urbano e contemporâneo. Gostaria de obter mais informações sobre a Ordem Metafísica Experimental. Como devo proceder?". Um pouco formal demais? Talvez. Ainda assim, acrescentou um "atenciosamente", reviu o e-mail e apertou o botão de enviar. Fechou o navegador e tentou esquecer o assunto. Voltou a editar vídeos. Ao sair do trabalho, foi ao supermercado e pegou uma bandeja de sushi barato para o jantar.

E tudo seguiu o rumo de sempre: trabalho, almoços ruins,

noite com os amigos. Alina chegou a esquecer que tinha mandado o e-mail, até que, na semana seguinte, quando, após uma manhã difícil, na qual demorou séculos para sair da cama, queimou a língua bebendo um café e chegou atrasada ao trabalho, conferiu o e-mail e deparou com duas mensagens novas. Uma delas era a resposta àquele e-mail.

Apesar de o cinema de terror ter se tornado um nicho lucrativo nas últimas décadas, e às vezes até emplacar um sucesso de crítica, é difícil explicar o valor do horror a uma pessoa que sente repulsa pelo gênero. Alina sempre fracassava na tarefa, e era uma guerra convencer amigos a assistirem a um novo ou velho filme de terror com ela. Entre as explicações mais usadas pelos fãs estava a do entretenimento: é como uma montanha-russa, você acha que há perigo, mas é tudo ilusão; você morre de medo do assassino com a faca ou o machado ou a serra elétrica, mas não passa de ficção, e ao subirem os créditos, de volta à realidade, percebe que tudo se encontra em ordem, você está em segurança, no mundo pacífico da sala de cinema.

A tese do entretenimento não sustentava, porém, discussões que levavam o gênero a sério. Então havia as explicações psicanalíticas: terror como catarse, é importante sermos expostos à violência e à morte no reino da ficção, só assim aprendemos a lidar com os horrores da vida real, com a guerra, com a perda. A morte (constante, banal) na tela relativizaria e atenuaria o peso da morte verdadeira. Era uma visão utilitária, a de que filmes (ou a arte em geral) têm função terapêutica. Alina detestava essa explicação. Nem todos os filmes de horror do mundo seriam capazes de prepará-la para o dia em que acordou com um telefonema contando que seu irmão tinha morrido num acidente banal, estúpido.

E há a tese sociocultural, que ganhou força de uns anos para cá: filmes de terror são retratos inconscientes da sociedade em que vivemos — o consumismo massificado dos zumbis que invadem o shopping center, ou o medo de tudo que é diferente e que rotulamos como "outro" (os estrangeiros como monstros, por exemplo). Muitos filmes se prestavam a essa leitura, Alina pensava. Mas ela também se mostrava insuficiente. Pode até explicar por que um filme americano foi realizado, qual foi a intenção do diretor ou do roteirista, e muitos de fato se inspiraram em conflitos internos do país, como a Guerra do Vietnã, mas então por que um brasileiro se interessaria de forma tão intensa por essas obras que comunicam problemas estrangeiros, dramas de outro país com pouco em comum com o nosso? Não, havia algo a mais.

Por muito tempo, Alina pensou que era uma questão estética. Filmes como *Suspiria* e *A mansão do inferno* a deixavam em êxtase pelo uso impressionista de cores, pela atmosfera de sonho, pela artificialidade predominante. Nem se importava com os roteiros confusos e ilógicos. No vasto mundo do horror — e de fato é mais amplo do que pode parecer à distância —, Alina logo concluiu que sua principal atração era pelo terror sobrenatural, aquele com monstros, vampiros, fantasmas, espíritos, zumbis, bruxas, ou por acontecimentos apenas inexplicáveis, rejeitando, portanto, o terror mais calcado no realismo, seja o do *serial killer* que persegue adolescentes lúbricos hospedados numa cabana no meio do mato, seja a nova estirpe de filmes com longas cenas gráficas de tortura.

Ela nunca imaginou que se tornaria fã de cinema de gênero. Isso aconteceu por volta de 2005, quando tinha vinte anos, de forma quase acidental: decidiu baixar o filme ao deparar com *Suspiria* em uma das milhares de listas de "melhores filmes de todos os tempos" que circulam pela internet. Costumava ter medo de filmes de terror, até cobria os olhos em cenas tensas na sala de cinema, mas por sugestão do seu namorado na época acabou assistindo ao filme de madrugada, por volta das duas da manhã, horário propício para cultivar pesadelos.

O filme era assustador, sim, mas como qualquer obra dos anos 1970, ainda mais italiana, de baixo orçamento, ficou datada para o espectador atual. O namorado de Alina adormeceu nos primeiros minutos, enquanto os olhos dela grudaram no monitor de quinze polegadas e não descolaram até os créditos. A impressão causada pelo filme foi tão forte que ela não conseguiu dormir naquela noite — não por medo ou algo do tipo, mas pela sensação de que havia descoberto algo muito importante sobre si mesma que não era capaz de nomear.

Alina tentou convencer amigos próximos a assistirem. Os poucos que seguiram a sugestão não ficaram abalados como ela. Enquanto recebia comentários desestimulantes dos amigos, baixava da internet uma série de filmes de terror italianos, franceses, espanhóis, explorando a filmografia de Dario Argento, Mario Bava, Lucio Fulci, Sergio Martino, Jean Rollin, Jesús Franco, obras de violência extrema, mas capturadas de forma artificial, com sangue alaranjado, e quase todas bastante sexualizadas, apelativas, objetificando o corpo feminino com uma câmera voyeurística, como se o diretor fosse um tarado que quisesse compartilhar seus desejos com uma plateia predominantemente masculina. Quase nada disso tinha sido lançado no Brasil, e com razão: qual era o público desses filmes tão estranhos?

Embora nenhuma das suas descobertas cinematográficas tenha conseguido recriar o impacto causado por *Suspiria*, Alina passou a ter uma fixação pelo gênero. Ela pensou e concluiu que a única maneira de dar fim àquela obsessão seria descobrir a causa, isto é, entender o que a interessava tanto naquelas histórias sobrenaturais de covis de bruxas e rituais macabros.

Investigando *Suspiria* na internet, Alina descobriu que o cineasta Dario Argento se inspirara num estranho ensaio — se é que algo com contornos tão fantásticos pode ser classificado assim — do inglês Thomas De Quincey, "Levana and Our Lady of Sorrows", que integra a coleção *Suspiria de Profundis*. O texto, facilmente localizável on-line, beirava o incompreensível: trata-se da breve história de três figuras mitológicas, damas do sofrimento, três irmãs muito poderosas, cada uma à sua maneira, capazes de provocar um grande mal — e essa foi a base da trilogia de Argento iniciada por *Suspiria*. Já Levana, divindade que dá nome ao ensaio e que De Quincey afirmava ver nos sonhos, chamou mais a atenção de Alina, especialmente a origem dessa figura: sua função é erguer um bebê recém-nascido em direção aos céus e exclamar: "Contemple tudo o que é maior que você!".

Alina ficou tão intrigada quanto decepcionada, pois o texto era curtíssimo e pouco revelador, então continuou lendo a coletânea de ensaios. Em outro texto, deparou com a figura do "intérprete sombrio", uma criatura de sombras que habitava o mundo dos sonhos de De Quincey e às vezes escapava as barreiras oníricas, mas para esse escritor que vivia sob influência do ópio a linha entre sonho e realidade era mais quebradiça. E Alina imaginou De Quincey acordando de um de seus sonhos e vendo que a sombra estava sentada à beira de sua cama, olhando para ele.

O problema com obsessões é que, mesmo quando queremos dar um fim a elas, acabamos nos enredando mais e mais. E foi ao pesquisar sobre Thomas De Quincey que Alina descobriu a figura de Aleister Crowley, que também escreveu livros sob influência do ópio e poemas em homenagem a De Quincey e que, mais importante do que isso, era um ocultista que algumas pessoas levavam a sério até hoje. Ocasionalmente rotulado de "satanista", Crowley aterrorizou o imaginário de uma geração de ingleses bem-comportados. Para além de toda a balbúrdia midiática em torno do nome de Crowley, o que incluía até uma aparição na capa do *Sgt. Pepper's*, dos Beatles, Alina descobriu que o ocultista foi um dos mais dedicados estudiosos de todos os movimentos esotéricos em vigor na virada do século XX. Estudou a fundo ioga, tarô, teosofia, astrologia e tudo quanto é ramo de conhecimento que levaria um cientista a perder o apetite, além de ter integrado sociedades secretas frequentadas por poetas ingleses canônicos. Crowley, assim como as ordens nas quais atuou, defendia a prática da mágica cerimonial, à qual deu o nome de Magick, com um *k* no final para diferenciar da mágica ordinária, realizada por truqueiros que tiravam coelhos de cartolas. É possível mudar o mundo com o poder da mente, afirmava Crowley, décadas antes de a autoajuda cooptar essa ideia com milhares de livros e palestras sobre pensamento positivo.

Alina não acreditava em nada disso: nunca deu a mínima nem para signos, que é o esoterismo mais digerido e assimilado pela sociedade, sempre sentia vergonha quando alguém apontava para uma característica dela e, incorporando o papel do detetive mais genial, concluía que Alina tinha aquela personalidade porque as estrelas estavam na posição X em relação à Terra quando saíra do útero de sua mãe.

Apesar disso, lá estava ela fascinada por aquela figura tão polêmica, que levava em conta a maldita astrologia em seus rituais mágicos, que recebera o epíteto de satanista porque poucos se dedicavam a realmente entender sua doutrina, que buscava uma fuga de conceitos judaico-cristãos — o que naturalmente incluía satã — e que pregava uma liberdade avassaladora: "Faça o que tu queres, há de ser o todo da Lei".

Foi a partir disso que Alina, com pouco mais de vinte anos, até então perdida no seu curso de graduação em história, praticamente isolada dos colegas, encontrou um ramo de pesquisa no qual investiu centenas de horas durante a graduação e o mestrado. E, de certo modo, com o tempo sua obsessão arrefeceu, ela descobriu inúmeras linhas de investigação, mergulhou em livros de qualidade duvidável, biografias, tratados religiosos ou pseudorreligiosos, diários mágicos e variantes do baralho de tarô.

O tarô, em específico, mostrou-se mais fácil do que parecia. Afastado das explicações metafísicas, o baralho apresentava arquétipos e símbolos com interpretações terrenas. Por um bom tempo, ela tirou cartas para as amigas que iam à sua casa apenas por diversão. No início, fazia isso rindo da situação, um pouco envergonhada, mas as amigas gostavam das leituras, que pareciam fazer sentido. E Alina também passou a divertir-se com a brincadeira, e passava horas lendo as múltiplas e complexas interpretações de arcanos como o Enforcado e a Torre. Entendeu que a sessão de leitura de tarô era uma construção de narrativa a dois: sua amiga chegava, mencionava o dilema no qual se via presa — problema de relacionamento, dúvida se deveria trancar a faculdade e fazer um mochilão pela América Latina —, e as cartas que Alina desvirava sobre a mesa iam sendo explicadas com base naquilo que a amiga procurava entender. Ao fim da sessão, Alina saía satisfeita, com a certeza não irônica de que tinha ajudado a pessoa. Sua amiga sentia ter compreendido melhor o problema, e às vezes resolvia uma dúvida que a perturbava por meses, como se as cartas tivessem restaurado o sentido de um mundo que parecia absurdo.

Foi imersa nesse universo esotérico que Alina conseguiu produzir dois longos trabalhos sobre o ocultismo e sua persistência no decorrer dos séculos, e sobre a maneira como as ciências ocultas resistiram ao positivismo e ao cientificismo. Os trabalhos não apresentavam nada de novo e original — não havia essa obrigação em dissertações —, apenas organizavam num texto longo um discurso sobre o tema. Professores sem conhecimento algum na área liam e elogiavam o talento de Alina com a palavra escrita, a perspicácia de suas comparações, os poucos erros de português, o bom uso de citações etc.

Ambos os trabalhos seguiam à risca a máxima de um teórico que Alina adorava: "Historicizar sempre!". Qualquer objeto artístico ou produto cultural pode ser historicizado, compreendido a partir de forças políticas e sociais atuantes naquele momento, naquele contexto específico. Desse jeito, o ocultismo, assim como os filmes de terror, foi institucionalizado na vida de Alina; tornou-se trabalho, uma tarefa tão enfadonha quanto as que exercia oito horas por dia na avenida Paulista. A obsessão foi enfim domesticada. Bruxas, contatos com outros planos de existência, acontecimentos inexplicáveis, até mesmo as sombras, isso tudo virou matéria de análise acadêmica, produto de um contexto histórico e social específico, ou seja, afastada da vida em si. Alina não acreditava, de modo algum, que, após prendê-lo numa jaula de racionalismo, o fantástico poderia reemergir como uma presença impossível de conter.

O e-mail recebido naquela manhã não mencionava nada sobre a demora de uma semana para a resposta.

Era sucinto e estruturado de uma forma que não permitia tréplica. A prosa era um pouco mais trabalhada e protocolar do que ela costumava encontrar em fóruns de bruxaria e aparentemente não continha nenhum erro de português.

1) Pesquisamos seu nome e tomamos conhecimento da sua produção acadêmica. Chegamos ao consenso de que você não compreende os assuntos que pretende discutir e que nunca presenciou nenhum dos rituais que você — conforme anunciado na página 16 da introdução de sua dissertação de mestrado — afirma desconstruir no trabalho.

2) Também investigamos sua presença nas redes sociais, o que explicou, em parte, a qualidade precária do seu trabalho acadêmico. Não é possível se armar de ironia o tempo todo (como seus posts indicam) e ter uma experiência espiritual relevante. São posturas mutuamente excludentes.

3) Caso queira aprender algo de fato sobre assuntos tangenciais ao que estuda, você está convidada a testemunhar (e, portanto, participar) do nosso ritual bimestral, que está agendado para hoje. Traga documentos de identificação (você precisará assinar um contrato de confidencialidade ao final).

4) Encontre-nos na av. Consolação _____, ap. _____, às 21 horas. Seja pontual.

Sem mais,

O e-mail não era assinado. Quem era o "nós" de "encontre-nos"? Quantas pessoas? Alina olhou para suas mãos sobre o teclado e notou que estavam tremendo. Levantou-se para pegar café.

Uma colega de trabalho a cumprimentou e tentou puxar assunto sobre como tinha sido a semana, se ela tinha visto a mensagem do chefe geral, que ficava em outro escritório, sobre o bom uso da internet, outro daqueles memorandos incentivando pessoas a não passarem o dia todo jogando no Facebook ou vendo vídeos de gatos com medo de pepinos no YouTube. Alina respondeu que estava atolada de trabalho e que não conseguira conferir os e-mails com atenção, e ao perceber que a colega queria continuar conversando, ela era do tipo que ficava quinze, vinte minutos puxando conversa com qualquer pessoa que aparecesse para pegar café, Alina apressou-se em voltar à sua mesa, argumentando que estava realmente enforcada nos prazos, e a colega nem se importou, pois logo chegou outra pessoa com quem imediatamente começou a falar sobre o clima, a possibilidade de chuva e a baixa umidade do ar. Alina voltou a sentar-se e foi reler o e-mail, mas ficou tão nervosa que fechou o navegador antes de chegar ao segundo item.

Pegou na bolsa o cartão que precisava para sair do prédio e desceu até o espaço de fumantes. Ainda que não fumasse um cigarro fazia meses, sentiu uma vontade incontrolável naquele momento. Saiu do elevador, foi até a área aberta e procurou com os olhos algum colega de trabalho a quem pedir cigarros. Não viu ninguém. Foi até a banca de revista para comprar um, e então notou que havia saído do prédio apenas com o cartão da catraca. Alina fechou os olhos. Suas pálpebras ardiam de raiva. Estava furiosa consigo mesma por ser tão desastrada e ter saído só com o cartão, sem umas moedas para comprar um cigarro avulso, por ter mandado aquele e-mail, por ter se metido onde não devia. Notou que o ar entrava e saía do seu pulmão num ritmo irregular.

Voltou para o prédio, passou o cartão na catraca, tomou o elevador, voltou ao seu cubículo e tentou se concentrar no trabalho. Fechou o e-mail pessoal, todas as redes sociais ("eu não sou tão irônica assim", pensou), encaixou o fone na cabeça, escolheu alguma música que fosse ruidosa e ao mesmo tempo capaz de se dissolver no fundo de sua mente, e decidiu focar em algo sem a menor relação com o que a atormentava. Conseguiu adiantar obrigações da semana seguinte, trabalhando intensamente até a figura do chefe aparecer ao seu lado. Quando viu, já era uma da tarde.

"Tudo bem por aí?", ele perguntou.

"Sim, sim. Achei que você estivesse trabalhando de casa."

"Aquele lance que eu pedi…"

"Sim, estou fazendo. Eu só…"

"Aconteceu alguma coisa?"

"Nada, nada."

"O.k. Vou almoçar agora. Quer ir?"

Alina sempre difundiu essa regra básica da sobrevivência em São Paulo que ouviu de um amigo mais experiente: nunca recuse um almoço com seu chefe. Pediu um minutinho para ir ao banheiro, tomou dois copos de água e tentou afastar a lembrança do e-mail.

Os dois atravessaram a avenida em direção aos Jardins e o chefe a conduziu a um restaurante self-service que cobrava o preço de uma deliciosa refeição pela oportunidade imperdível de ficar na fila, aguardando para servir-se de uma comida sem tempero nem sabor, atrás de uma série de engravatados falando de política. Do outro lado da fila do bufê, Alina reconheceu uma pessoa com o crachá pendurado, balançando sobre o setor de saladas, e que naquele momento colocava dois ovos de codorna no prato. Ela cutucou o chefe e sussurrou: "Ei, sabe quem é esse cara de azul ali?".

"Não, nunca vi na vida. Quem é?"

Alina pediu para esperar. Contaria assim que se sentassem. Carregaram suas bandejas até uma mesa apertada no terceiro andar e ela iniciou a história: o homem, que aparenta ter quarenta anos, mas pode muito bem ter cinquenta, sessenta, ou trinta, vinte e cinco, é difícil de saber, sempre pega o ônibus com ela, o que é estranho, pois geralmente essa turma vai de carro para o trabalho. Um dia, ela sentou-se ao lado dele no ônibus, e o engravatado estava com a cabeça encostada na janela, assoviando uma melodia de olhos fechados. A melodia era familiar, mas ela não sabia de onde conhecia aquela música. Ficou com o som na cabeça. Outro dia, tornou a encontrar esse sujeito, dessa vez caminhando na frente do Trianon pela hora do almoço, com uma maletinha de couro na mão. Ele assoviava a mesma música, e o fazia de forma tão alta que era possível escutar a metros de distância. O acaso a levou a encontrar-se uma terceira vez com o sujeito, mais uma vez no ônibus. E lá estava ele, assoviando a canção, embora dessa vez chegasse a articular sons abrindo a boca, *murmurando* a melodia. Ela pegou o celular, fingiu que ia mandar uma mensagem para alguém, e ativou o gravador de áudio.

No trabalho, tentou rodar um aplicativo de reconhecimento de música, mas falhou. Saiu mostrando para amigos a gravação, e logo um deles descobriu qual era a melodia: a trilha de 1492 — A *conquista do Paraíso*.

"Aquele filme terrível sobre Cristóvão Colombo?", perguntou o chefe.

"Esse mesmo."

"E como era a trilha?"

Ela cantarolou as primeiras notas, absolutamente envergonhada. Por sorte, o chefe reconheceu a melodia e continuou a música, cantando alto a ponto de ser ouvido pelas pessoas sentadas nas cadeiras ao lado.

"Essa trilha é mais cafona que o sofá da minha vó!", comentou.

"Exato! Já viu o clipe? Tem um cara de terno branco no teclado, um coro num clima meio ópera..."

"Um épico da breguice!", disse o chefe, rindo alto.

"E o cara vai e volta para o trabalho murmurando essa música!", Alina comentou, juntando-se à gargalhada.

Como se essa atividade diária que ele executa, Alina pensou mas não comentou em voz alta, como se pendurar o crachá, tomar o mesmo ônibus todos os dias e percorrer o mesmo caminho com a mesma roupa de sempre, fosse uma atividade de proporções épicas, fosse a conquista da América, a descoberta de um novo continente.

"A Paulista reúne muita gente louca", falou o chefe, concluindo a conversa.

Alina percebeu que, logo após esse momento de descontração, o chefe começaria a falar de trabalho, dos clientes, dos planos, do que espera no mês seguinte. Ela já almoçara com ele o suficiente para ter certeza de que a vida dele não é tão diferente da do engravatado obcecado por 1492.

"Falando em gente louca, você viu o briefing que o João

mandou?", perguntou, num ato óbvio de redirecionamento do assunto. Como tudo é previsível, Alina pensou. E seu cérebro se desligou da cena atual, e ela passou a responder às perguntas do chefe de forma irrefletida, sem estar realmente lá, e logo a conversa se tornou um monólogo, e ela retomou, na sua cabeça, o comentário de que a Paulista reúne muitos loucos, e então pensou que deveria ligar, sim, para Carla, assim que voltasse ao trabalho.

Alina subiu o elevador, cumprimentou outra vez a secretária, e uma estagiária veio correndo na sua direção e perguntou por onde ela andava, que o cara do TI estava ligando sem parar. Quando chegou ao cubículo, o telefone já estava tocando. Alina atendeu e deparou com a voz avinagrada do rapaz do TI, cujo nome ela sempre esquecia, pedindo que ela conferisse o e-mail, tratando-a como se fosse uma analfabeta digital que precisa receber um telefonema para lembrá-la de olhar a caixa de entrada. Alina agradeceu-o pelo aviso e desligou.

Caixa de entrada da conta de e-mail profissional com duas novas mensagens: uma de seu chefe, enviada antes do almoço, cobrando um trabalho, assunto que ele havia abordado extensivamente durante aquele longo almoço, e outra do TI, com cópia para o chefe de Alina, informando que *alguém* tentou invadir o servidor da empresa para acessar, especificamente, o computador dela.

Ela se levantou da cadeira e caminhou até o cubículo do funcionário do TI, um rapaz de trinta e cinco anos que ocupava a cadeira toda e um pouco mais, vestindo a sua típica camisa polo aberta a ponto de revelar um crucifixo pequeno de ouro falso pendurado no pescoço.

"Oi, então, eu recebi o seu e-mail...", Alina puxou o assunto.

"Nunca, em todos os quinze anos que trabalho nessa empresa, vi isso. Já vi gente tentando invadir. Molecada sem nada para fazer. Mas esse moleque, ih, esse era dedicado."

"Então…"

"Consegui cortar o rapaz em menos de um minuto. Aqui é TI, minha querida. Suponho que ele não fez nada de errado. Mas, se eu fosse você, trocaria as senhas de e-mail e tudo mais. Porém, acho que você não deixa nada gravado no computador, né? Senha pré-salva e tal."

"Não."

"Deve estar tudo na mesma. Expulsei o moleque bem rápido. Cê tinha que ter visto. Pá!"

"Poxa, valeu, te devo um salgado."

"Pode crer. Firmeza."

Alina voltou ao cubículo, ligou para o chefe, explicou a situação. Ele aproveitou o momento e reforçou a cobrança de trabalho que estava no outro e-mail e que havia mencionado no almoço. Alina repetiu — pela terceira vez no dia — que estava trabalhando nisso e desligou o telefone. Abriu o Adobe Premiere e começou a trabalhar com concentração absoluta: não havia nada além daqueles frames que precisavam ser cortados, a trilha fora de sincronia, o gráfico de equalização de áudio, as parábolas cinza que representam a distribuição de contraste e brilho.

Em vinte minutos, no entanto, sua atenção já estava flutuando por outros oceanos. Ela minimizou o programa para abrir o navegador e ver alguma bobagem. Foi quando percebeu que havia um arquivo estranho na área de trabalho, um arquivo de texto com seu nome. Tentou se lembrar se ela mesma gravara aquele arquivo um tempo atrás. Não, ela anotava coisas em outros locais, mandava e-mails a si mesma com lembretes, nunca salvava arquivos de texto ali. Pensou em chamar o rapaz de TI, porém, num ato impulsivo, deu dois cliques no arquivo: a janela do Bloco de Notas se abriu e o arquivo revelava apenas um link, um longo link formado de caracteres e números sem significado. Tinha a impressão de já ter visto esse tipo de link em algum outro lugar, e mais uma vez cogitou chamar o TI, mas em vez disso abriu o Gtalk e conferiu se Fábio estava on-line. Sim, ele estava on-line, Alina não conseguia imaginar Fábio longe da internet.

me: ei

Fábio: qualé

me: longa história. seguinte: pode conferir um link pra mim?

Fábio: bloquearam o acesso à internet aí no trabalho, é isso?

me: longa história, já disse

me: eis link — _____

Fábio: céus, o que vc anda aprontando?

me: abriu?

Fábio: não, mas é .onion. ou seja, deepweb

me: ok, agora fala de novo, só que em português

Fábio: é o tipo de link que precisa abrir num navegador especial

Fábio: pois é link que não dá para rastrear

Fábio: vc sabe

me: sei não

Fábio: nunca leu sobre grande esquema de vendas de drogas?

Fábio: ou então listagens de serviços onde vc pode contratar assassinos de aluguel

Fábio: ou pedofilia. litros de pedo

me: hmm

Fábio: sério já apareceu até no Fantástico

me: tá, e tem como abrir para ver o que é?

Fábio: segundinho

me: ok

me: alo

me: aloooooooooo

me: ei, já se passaram 3 min.

Fábio: putz

me: q foi?

Fábio: onde vc conseguiu esse link?

me: já disse

me: longa história

Fábio: treta é tensa

Fábio: nem sei explicar. abre aí vc

me: n sei como abrir esse troço

Fábio: baixa o navegador aqui: _____

Fábio: é seguro, eu juro. não é vírus

me: não vou baixar programa aqui no trampo

me: não deixam instalar nada

Fábio: baixa logo e para de reclamar

Fábio: não vou ficar printando

me: ok, o que eu faço?

Fábio: abre

me: não vai dar merda?

me: tipo, na rede da empresa, não vão notar?

Fábio: não precisa instalar

Fábio: é só abrir

Fábio: aí cola o link na barra da URL

Fábio: simples

Fábio: mesmo mesmo

me: ok

me: minutinho

Ficou receosa de que fossem aparecer imagens violentas ou sexuais e que alguém estivesse passando ali por perto bem na hora. Olhou ao redor para ver se alguém podia enxergar sua tela. No canto de sua visão conseguia vislumbrar a janela, a vista para uma infinidade de prédios, a trava metálica gigantesca que colocam em todas as janelas, provavelmente porque — ela imaginava — alguém já se jogara do vigésimo primeiro andar, algum engravatado viu aquela janela aberta, saiu correndo e pulou, o último ato de rebeldia de sua vida.

Abriu o navegador, colou o link repleto de números e letras que não formava nenhuma palavra reconhecível, apertou enter e aguardou. E aguardou.

No outro navegador, avisou Fábio que não apareceu nada. Ele respondeu: "Espera".

Ela esperou. E então notou que na parte de cima do monitor acendeu a tímida luz azul da webcam. Clicou na janela do navegador e deparou com uma tela quadrada menor dentro da janela, sem nenhum texto na página. Na telinha, sua própria imagem projetada, que a câmera capturava em baixa resolução, o que lhe provocou um pequeno espanto. Não tinha notado como estava descabelada, ou a profundidade de suas olheiras por trás dos óculos. Certo, Alina pensou, então isso é tipo um programa de chat? Devo esperar alguém se conectar para falar comigo?

Ficou olhando sua imagem espelhada, enquanto aguardava algo, qualquer coisa, e começou a achar que era uma pegadinha do próprio Fábio. Estava prestes a fechar a janela quando percebeu que a imagem que a webcam reproduzia na tela não era perfeita — havia algo estranho, mas ela não compreendia o quê. Aproximou os olhos do monitor, e ao fazer isso deu espaço para a webcam registrar o fundo do cubículo, a entrada dele, e não a cabeça de Alina, que estava logo abaixo da câmera, grudada na tela, tentando perceber o que havia de incomum, e foi quando ela enxergou um rastro, uma sombra, uma *presença* na entrada do cubículo logo atrás dela, a menos de um metro, uma distância tangível, alcançável com um movimento de braço.

Com o susto, Alina se impulsionou contra a mesa e jogou sua cadeira para trás. Seu rosto e seu corpo voltaram a ser registrados pela câmera e agora ocupavam a tela. A sombra desapareceu. Alina encontrava-se no lugar dela. Em um movimento frenético, pegou o mouse e fechou o navegador, deixando a câmera capturar, por um instante ainda, sua expressão de mais profundo pavor. Sentiu um arrepio que escalava seus braços, como se algo gelado escorregasse por sua pele. Retomou a conversa no Gtalk, os dedos trêmulos apertando as teclas irregularmente:

> me: céus
> me: o q foi isso?
> Fábio: o que rolou?
> me: não apareceu para vc?
> Fábio: o q?
> Fábio: os símbolos?
> me: a imagem na webcam
> Fábio: que webcam?
> me: que símbolos?
> Fábio: peraí
> Fábio: pelo jeito a gente viu coisas diferentes
> me: não ativou a tua webcam?
> Fábio: eu nem tenho uma
> Fábio: para mim só piscou bem rápido uns troços que não entendi
> Fábio: umas imagens sinistras
> Fábio: sei lá
> Fábio: achei bad vibe
> Fábio: e pra vc
> Fábio: o que apareceu?
> me: puta que pariu
> Fábio: o q foi?
> me: puta que pariu
> Fábio: fala logo
> me: vou fechar aqui

me: depois a gente se fala

Fábio: vai me deixar na curiosidade?

Alina fechou a janela da conversa. Levantou-se da cadeira, olhou ao redor, conferiu embaixo da mesa, percorreu a exígua região do cubículo. Estava agachada, analisando a região onde jurava ter visto a sombra, quando o seu chefe apareceu de repente, dando mais um susto nela.

"Tudo bem... por aí? Te assustei?"

"Sim", respondeu, incapaz de disfarçar a perturbação. "Desculpa, dia corrido hoje. Mas eu estou quase terminando o que você pediu."

"Beleza. Força aí", ele disse, e continuou caminhando por entre os cubículos.

Alina foi correndo ao banheiro, lavou o rosto com água gelada e fez um pequeno exercício de alongamento nos ombros, como se métodos de relaxamento físicos fossem afastar a sensação de pavor que acabara de experimentar. Voltou ao seu assento e sentiu uma inquietação imensa no ar, parecia respirar menos oxigênio. Olhou o relógio e percebeu que ainda precisava ficar umas quatro horas naquele cubículo detestável. Tomou um gole de água gelada, fez um último esforço e finalizou os detalhes que faltavam no projeto, salvou o arquivo na rede sem revisar o produto final e escreveu para o chefe que o trabalho estava pronto e que, na verdade, estava com muita dor de cabeça, era quase certeza ser enxaqueca (doença da qual não sofria, mas o chefe não precisava saber disso), e portanto ia sair para tomar um ar, comprar um remédio e voltaria mais tarde. Bebeu mais um gole de água, foi ao banheiro, pegou sua bolsa e saiu.

No térreo, em frente ao edifício, ela inspirava fundo e tentava recuperar um ritmo normal de respiração. O céu estava carregado de nuvens, o dia todo se encaixava no estereótipo da cidade, aquele cinza desesperançado que neutralizava cores, achatando-as numa única e desagradável tonalidade. E então Alina começou a caminhar, sem destino, pela avenida Paulista.

Duas mulheres quase idosas estavam apoiadas em uma estante de papelão que guardava uma série de panfletos religiosos com perguntas chamativas na capa: *Você acha que sua vida não tem sentido?* e *Já se sentiu sem esperanças?*. Na parte inferior da estante improvisada, uma mensagem em maiúsculas prometendo que a solução era receber Jesus de braços abertos. As mulheres sorriram para Alina quando ela passou em frente das duas, como vendedoras de uma loja de sapatos, mas cancelaram o sorriso no mesmo instante em que notaram que Alina não ia parar.

Dentro da bolsa, o celular vibrava. Ela não precisava puxar o aparelho para saber que era sua mãe ligando: sempre telefonava no mesmo horário. Alina se arrependia de ter comentado, de forma quase inconsciente, que pagar as contas em São Paulo não era nada fácil. Ela vivia com a conta bancária sempre tangenciando o negativo, e lá estava sua mãe ligando para mais uma vez oferecer ajuda financeira, "pagar metade do aluguel, eu tenho um dinheirinho guardado", sugeriria. Mas Alina completaria trinta anos. Não podia mais viver de mesada. *Essa geração está perdida*, Alina imaginou uma pessoa dizendo, e a pessoa que ela fantasiou era a delegada, cuja idade talvez fosse de trinta e poucos, uma mulher com um emprego relevante para a sociedade, ajudando pessoas.

Quando a mãe de Alina tinha trinta anos, já estava grávida dela, tinha apartamento próprio e um consultório de dentista com uma clientela fiel. *Mas essa geração*, Alina imaginou a delegada dizendo, *essa geração, se pudesse, morava com os pais até eles baterem as botas.*

Alina passou por outros jovens na faixa dos trinta em situação profissional muito pior: seguravam pranchetas e imploravam a todos os pedestres que gastassem um minutinho respondendo a uma pesquisa, e no final demandavam que doassem uma quantia pequena todo mês para salvar crianças na África ou para pagar palhaços que animavam a ala da oncologia infantil. Ainda assim, eram mais *úteis* do que ela. Não eram parasitas sociais, ao menos. A voz imaginária da delegada Carla ecoando no seu cérebro: *essa sua geração narcisista, que considera seus ínfimos dramas os maiores do mundo.*

E Alina cruzou com a figura que se tornara familiar de tantas vezes que passara por ela: um homem abatido numa cadeira de rodas com um cartaz dizendo que Deus abençoa aqueles que ajudam, no caso, que o ajudam, que depositam algum dinheiro no chapéu que ele segura com as pontas dos dedos, pois a mão é das poucas partes do corpo que ainda consegue movimentar. Alina não deu um tostão, nunca deu, em nenhuma das centenas de vezes que passou na frente daquela pessoa sem nome cuja face já se tornara familiar a ela, um rosto que vê com mais frequência do que o de sua própria mãe.

A voz de Carla continuou ressoando na cabeça de Alina. Sofria desse mal: sempre que discutia com alguém, o debate continuava por horas na sua cabeça, até ela encontrar as palavras certas, os argumentos infalíveis, as frases que queria ter dito. Carla, no entanto, nem chegara a discutir com Alina, era apenas conveniente projetar um discurso moralizante numa figura de autoridade. Alina podia escutar a voz da delegada se elevando, o dedo apontado sua cara enquanto outra mão indicava o homem na cadeira de rodas: *sua geração nunca passou por guerras, nunca sobreviveu à violência da ditadura militar, nunca nem sentiu a loucura da inflação, você não sabe o que é sofrimento.* E Alina respondia, com os dentes entrecerrados, *é pedir demais ter uma vida um pouco melhor?, não bater ponto num trabalho que detesto?, não passar metade do meu tempo desperta num ambiente que abomino?, sentir meu cérebro definhando num trabalho que podia ser realizado por animais domesticados? é tão absurdo assim esperar algo mais da vida?, por acaso o seu Deus, com letra maiúscula, o seu único Deus, o verdadeiro Deus vai receber você no Paraíso e calcular, ah, você passou setenta mil horas trabalhando em algo que detesta, por causa disso poderá passar setenta mil horas se divertindo no Paraíso, fazendo o que você quiser, pode virar artista, estudar coisas estranhas, as setenta mil horas são suas, é isso que o seu Deus vai fazer?, e se você morrer e ele não estiver lá e a eternidade for apenas uma repetição da vida, viver tudo de novo, ou seja, a extensão ad infinitum desse meu inferno num cubículo? vou perguntar só mais uma vez: é pedir demais que a vida seja só um pouco melhor do que ela é?*

Ardia de raiva, mas pelo menos o ódio era útil, pois com essa diatribe imaginária aquilo que pensou ter visto na webcam ficava em segundo plano na sua mente, e sua lembrança só era perceptível no corpo, trêmulo, inquieto, que se movia em pequenos surtos e espasmos. A irritação foi dando lugar a uma tristeza, que se instalou pouco a pouco, e caminhando mais alguns passos sentiu um travo na garganta, a saliva espessa. Juntou-se a uma fila de pedestres para atravessar a rua. À distância, enxergou o desenho diagonal do prédio da Fiesp, e pensou ter visto Júlia e Miguel ali. Recordou-se, então, de que na semana anterior, durante o almoço no restaurante árabe, eles haviam mencionado algo sobre a filmagem de um documentário, mas Alina ouviu com pouca atenção, pois estava transtornada demais pelos acontecimentos de sua manhã na delegacia.

Júlia ajeitava o tripé da câmera, um jovem magricela de Ray-Ban segurava um rebatedor de luz direcionado a uma mulher de microfone na mão. As pessoas que passavam pela Paulista ignoravam a cena toda, acostumadas a ver gravações de notícias a cada quadra da avenida. "Júlia!", Alina gritou, e notou que estava aliviada por ver um rosto amigável naquele dia. Júlia se virou e, ao reconhecer Alina, comentou:

"Não acredito que você veio mesmo nos ver! Quando falei disso no almoço, não imaginei que você de fato sairia do trabalho para…"

"Ah… Eu não perderia isso por nada. Inventei uma desculpa para o meu chefe, sabe."

Miguel avistou Alina e a cumprimentou com um aceno, mas ficou mais afastado, ajudando um sujeito que regulava um pequeno holofote.

"Então, o que estão gravando? Eu não entendi direito, parece um programa de notícias…"

"É aquela minha ideia antiga, que contei para você um tempo atrás, lembra?"

Alina concordou, indecisa. Não fazia ideia do que sua amiga falava.

"Lembra? Que eu contei numa festa."

Ah, foi numa festa. Impossível lembrar, Alina concluiu, e ficou mais tranquila.

"Lembra? Um falso documentário sobre hábitos paulistanos em dias nublados e que vai sendo interrompido por coisas malucas e incríveis que vão acontecendo."

Alina olhou para o prédio cinza e diagonal da Fiesp, aquela figura geométrica que só um arquiteto modernista poderia considerar aceitável para um prédio lotado de funcionários.

"E o que vai acontecer aqui?"

"Nessa cena, as luzes de LED do prédio vão piscar comunicando uma mensagem misteriosa que está relacionada aos outros acontecimentos do filme", contou Júlia, que prosseguiu na explicação, afirmando que toda a filmagem desse falso documentário era interrompida por pequenas coisas incompreensíveis que passavam a impressão de que algo muito mais *mágico* ou *cósmico* (essas foram as palavras dela) ocorria no subterrâneo da capital paulista. Sim, agora se lembrava de quando Júlia, bêbada numa festa, resumira o roteiro, e Alina tivera que engolir seu cinismo e declarar que achava muito legal a ideia.

"Nossa, e eu super por fora", Alina disse, sem saber muito bem o propósito de seu comentário.

"Pois é. Você anda sempre tão ocupada. A gente podia ter trocado uma ideia. Mas agora já estamos aqui, filmando, né."

Miguel chegou sorrateiramente por trás de Júlia, fazendo sinal discreto para que Alina não denunciasse sua presença, e apertou as laterais da cintura de Júlia, dando um susto nela, que se virou, e disse "Ah, Miguel!", com uma voz carinhosa e — Alina percebeu então — com um tom de flerte. Estariam os dois saindo em segredo, sem contar para ninguém do grupo de amigos? Repentinamente, Alina se sentiu envergonhada de estar ali, como se estivesse assistindo ao início de um filme pornô em público.

"Bom, desejo sorte e sucesso no filme", disse, rompendo o momento íntimo que parecia prestes a surgir.

"É. Acho que vai virar um média. Ou seja, não vai ser exibido em lugar nenhum", Júlia lamentou com alguma falsidade.

Alina nunca se esqueceu do curta-metragem de Júlia que assistiu num festival, vários anos atrás. Intitulado *Existência* (*um resumo*), o filme mostrava a imagem desfocada de um quarto, acompanhada por barulhos incompreensíveis do ambiente, uma voz perguntando: "Já tá filmando?", e em seguida, ruído, silêncio, e a tela preta. Fim. Um minuto. Foi aplaudido quando subiram os créditos.

Sem saber como encerrar a conversa, Alina lamentou o estado das artes e da cultura no país. Júlia ergueu as sobrancelhas, espalmou as mãos e disse: "Bom, de volta ao trabalho! Que legal que você veio!", um abraço e um beijo e se virou de costas.

Alina ficou imóvel, vendo Júlia retornar à direção, orientando a atriz que interpretava a repórter televisiva. Bastava virar a cabeça que Alina podia enxergar, à distância, o prédio onde trabalhava, o lugar que tantas vezes sonhou incendiar. E aqui estava Júlia, "perseguindo o seu sonho", como dizia o slogan do vídeo que ela acabara de editar. Tendo família rica é fácil ser artista, Alina pensou, família rica, ter estudado em um desses colégios tradicionais de que os paulistanos se orgulham, onde estudam com outras pessoas que também são filhos e filhas de gente importante, e citam esse colégio em qualquer conversa, como se o local onde cursaram o Ensino Médio modelasse a personalidade de alguém e assegurasse um futuro brilhante, mas nunca comentaria isso com ninguém, só talvez algum dia que estivesse se sentindo particularmente cínica. Júlia parecia feliz, e Alina não queria ser *aquele tipo de pessoa* que perde horas de espaço mental nutrindo inveja.

Alina seguiu seu percurso sem destino, caminhando no sentido do centro, afastando-se ainda mais do local de trabalho. A inveja que sentia de Júlia logo se metamorfoseou em raiva de si mesma. Se alguém é culpada pelo seu fracasso é ela mesma. Se é tão infeliz, pode pedir demissão e daí... e então... Ela não saberia o que fazer. Não teria como pagar um só mês de aluguel. Não tinha dinheiro guardado, é impossível juntar dinheiro numa cidade tão cara. E não havia a menor previsão de a situação melhorar; pelo contrário, quando ela acordava, puxava para si o celular, ainda debaixo dos lençóis, e acessava o jornal na telinha, onde lia aquela torrente de manchetes alardeando o apocalipse econômico que começaria neste 2015 e se estenderia por anos, sem previsão de melhoras.

Quando foi que São Paulo virou *isso* para mim?, Alina se perguntou, mas ela sabia a resposta. Evitava ao máximo pensar nisso, porém a lembrança cavava um túnel, e mesmo muitos palmos debaixo da terra ia cavoucando até enxergar a luz do dia. Nem sempre acordar foi essa dificuldade, Alina pensou, nem sempre sair da cama foi uma batalha lenta e com alta possibilidade de derrota.

Seus pensamentos foram interrompidos por uma voz quebradiça berrando num megafone. Um pequeno grupo começava a se reunir próximo ao Masp. Uma manifestação que em algumas horas bloquearia uma ou mais vias, algo tão recorrente que não surpreendia mais nenhum trabalhador da região, e Alina não conseguiu se interessar nem um pouco pelo que diziam os cartazes de papelão ou pelo que a voz do megafone estava berrando.

Alina aprendeu logo cedo no curso de história que a política está em toda a parte, em todas as nossas ações, até mesmo no nosso pensamento — que sua mente se ocupa com as coisas com as quais se ocupa apenas porque tem a vida privilegiada de uma mulher de classe média. Mas o que resta para uma historiadora de religiões? Ela tem alguma ferramenta para interpretar a situação política, o tempo em que vive? Não. Então, a pesquisa tem utilidade filosófica? Ela consegue compreender melhor que outros seres não educados sobre deus e o diabo, o bem e o mal, a vida, a morte e a pós-morte? Não. Ela é capaz de historicizar, de situar num contexto, de *emoldurar*.

Mas do que adianta isso, quando é impossível emoldurar as coisas mais importantes, contextualizar, dar significado? Ela não quer que a memória lhe invada e insistiu em direcionar o pensamento à sua alienação política, mas quando uma lembrança aparece como um tsunami não há raciocínio que a detenha. Foi aquilo que estragou São Paulo para Alina.

O telefone tocou muito cedo, e não era o despertador, era uma chamada telefônica às cinco da manhã, ligação internacional obedecendo a outro fuso horário, e mesmo antes de atender Alina sabia que nada de bom sairia daquele telefonema, então apertou o botão verde e escutou, no silêncio da madrugada, a voz de sua cunhada informando que o irmão de Alina tinha morrido num acidente trágico, estúpido, portanto mais trágico ainda, terrivelmente banal, algo que poderia ter acontecido com qualquer um, ou seja, muito, muito trágico, culpa daquele segundo de distração que temos em tantos momentos do dia, mas que não podemos ter justo ao atravessar a rua, passar de uma calçada para a outra.

A morte tem esse poder especial de colocar as coisas em perspectiva, Alina pensou, ao retomar sua peregrinação pela avenida. Ela passava o dia todo reclamando do trabalho, da sua vidinha de classe média, como se fosse uma criança esfomeada na África subsaariana. E então um telefonema a despertou do sono profundo, e um telefonema a informou da morte, e o mundo se realinhou, as hierarquias foram reconstruídas, as prioridades voltaram a ser prioridades, uma pessoa tão próxima e importante morreu. Pessoas morrem o tempo todo, as notícias nos contam, as redes sociais informam a morte das celebridades, uma ou duas por dia, o Twitter é um grande obituário digital, estatísticas nos mostram como a cada segundo alguém em algum lugar morre, mas, céus, que coisa pavorosa quando a vida de uma pessoa jovem chega ao fim de forma tão brusca e inesperada.

E Alina pensou no seu irmão, na infância que dividiram em duas casas, nos jogos de Mega Drive em que disputavam o controle, no quarto compartilhado na praia, no dia em que acordou e viu uma sombra sentada na cama, no lugar do irmão. Pensou em todas as fotos que dividiram e que continuam on-line, espraiadas pelas redes sociais, pensou nos vídeos imbecis que gravaram quando o irmão a visitara em São Paulo e que agora Alina não conseguia criar coragem para rever, pois não desejava convocar o fantasma do irmão, não queria ouvir aquela risada tão característica. Minha sorte foi que nunca acreditei em Deus, pensou Alina, nunca acreditei de fato, de modo racional, consciente, sempre foi algo hereditário, irrefletido, pois se eu acreditasse em Deus, Alina pensou, eu perderia a fé naquele instante.

O irmão era diferente. Teve a mesma formação ou deformação religiosa que Alina, mas num dia qualquer, um dia de tédio na firma, navegando aleatoriamente na internet, começou a investigar o passado da família, o sobrenome estranho e cheio de consoantes que carregavam. Descobriu parentes em regiões longínquas da Europa Central, uma grande e tradicional família judaica, fácil de ser contatada graças ao Facebook. Aprendeu que os bisavôs dele e de Alina fugiram da perseguição aos judeus num vilarejo que agora pertence à Ucrânia, espalharam-se pela Europa, que o ramo desgarrado que emigrara ao Brasil, seus avós, converteu-se às pressas ao cristianismo. Eram as vésperas da Segunda Guerra Mundial.

Desde então, o irmão de Alina virou monotemático. Escutava música *klezmer* e lia Philip Roth. Alina insistia: *você não é judeu!* O irmão dela respondeu à provocação se convertendo, mesmo que isso envolvesse uma circuncisão tardia, o que o tornou motivo de piada nos jantares familiares por alguns meses. Enquanto frequentava a sinagoga de Curitiba, o irmão se apaixonou por uma moça judia e os dois se mudaram para Israel. Alina acompanhava a vida do irmão pelas redes sociais. Na narrativa que as pessoas constroem on-line, todos parecem estar no ápice de sua existência, mas o irmão de Alina, com um filho a caminho, compartilhando imagens de cartão-postal da cidade que escolheu viver, parecia de fato realizado. Como todo bom religioso, não postava fotos para despertar inveja alheia, mas para compartilhar uma alegria peculiar que tinha encontrado na sua vida regrada por uma moral antiga e antiquada. Ele merece toda essa plenitude que alcançou longe de mim, longe da família, pensava Alina, ainda que não conseguisse controlar uma fisgada de ciúmes. Desde que se mudara para Jerusalém, trabalhava com vigor e entusiasmo. Nunca seria rico, mas tampouco buscava isso. Era apenas dois anos mais velho que ela e já estava constituindo uma família. Tudo o que nossos pais também esperavam de mim, Alina refletia.

A religião se constrói em torno da morte, Alina pensou, cada religião monta sua cosmogonia pensando na morte como um segundo nascimento, a separação da alma do corpo, o momento em que a alma vai para outro lugar. Toda religião joga com o desejo de eternidade, pensou. E quando há turbulência forte no avião, olhamos ao redor, e todos os cristãos fazem o sinal da cruz pedindo proteção, Alina pensou, receosos de abraçar essa eternidade, e, ao mesmo tempo, deixando seu destino na mão de uma figura maior que o mundo, cuidadosa como uma mãe. Mas qual proteção há para uma pessoa que não acredita em alguém que cuida de você, ou em vida após a morte? Não há a quem pedir ajuda, Alina pensou. E quando alguém morre, não podemos achar que a pessoa *foi para um lugar melhor* ou que *agora está em paz*, porque não há evidências de que existe esse lugar melhor, há apenas uma ficção canônica bem estabelecida definindo que tipo de pessoa vai para o Paraíso e que atitudes levam alguém ao Inferno, Alina pensou.

E Alina foi visitada, então, por uma memória, e essa lembrança veio com uma força física, corporal, que encheu seus olhos de água e fez a respiração se tornar agressiva, a lembrança foi do sonho que teve antes de ser acordada naquela manhã pelo despertador, e o sonho talvez tenha sido a causa da sua dificuldade em se levantar e começar o dia, e nesse sonho Alina encontrava o seu irmão, que lhe perguntava: *como está o seu mundo?* e Alina respondia que estava bem, *tudo o.k.*, e Alina retribuía a pergunta e recebia a mesma resposta e os dois se abraçavam e, céus, Alina pensou, que clichê maldito, meus sonhos são clichês, nem faria sentido levar a um psicanalista, pois a explicação é tão ordinária, e ainda assim Alina se sentiu triste, pois agora, acordada, a luz do céu filtrada pelas nuvens cinzentas de São Paulo no seu rosto, Alina ponderava o ridículo da situação, pensava que seu irmão não está em *outro mundo*, pois não há nenhum outro mundo, e quando uma pessoa morre ela deixa de existir, e é isso, o mundo pertence aos vivos e a mais ninguém. E mesmo que ele estivesse num Paraíso, os dois não se reencontrariam lá, pois Alina não iria ao mesmo Paraíso. Ainda que Alina tivesse permanecido no seu cristianismo fajuto, seu irmão era de *outra* religião.

As religiões foram construídas em torno da morte, Alina retomou sua linha de pensamento, elas foram criadas para aprendermos a lidar com isso sem nos desesperarmos, e tem gente que diz que os filmes de terror também têm esse caráter utilitário de nos familiarizar com a violência e a morte. Porém, Alina se perguntou, o que fazer quando não acreditamos em deus algum, em Paraíso algum, quando até os filmes de terror se tornaram banais, e a morte na ficção não nos ensina mais nada, Alina pensou, e o meu irmão morre e não tenho como lidar com isso.

A delegada ressurgiu na imaginação de Alina, retomando o diálogo, culpando Alina por pertencer a essa geração mimada, que nunca passou por dificuldades, que nunca viveu uma guerra, uma epidemia de poliomielite que seja, que nasceu com a expectativa de vida altíssima para uma brasileira, uma pessoa que considerava a morte algo de outro planeta, como se fosse um defeito do mundo, uma falha na criação divina. E Alina não encontrou uma resposta para a delegada, apenas concluiu que isso, enfim, é a vida adulta. Demorou, mas esse momento chegou. Uma pessoa não vira adulta ao conseguir emprego, ao aceitar que a vida pode ser entediante, e que fazer o que detestamos durante oito horas por dia é parte integrante da experiência humana, não, não tem nada a ver com trabalho, viramos adultos quando pessoas da nossa idade morrem de forma absolutamente estúpida e podemos contemplar, com a lucidez necessária, a fragilidade e o absurdo da vida.

Alina caminhou entre pedintes, vendedores de miçangas e hippies segurando cartazes de papelão quase ilegíveis, prosseguindo até o muro abaixo do vão livre do Masp, onde se sentou ao lado de um casal de cabelo colorido, ele de azul, ela de rosa, beijando-se intensamente, e experimentou a vertigem de olhar para trás, os carros passando rápido pela avenida Nove de Julho muitos metros abaixo.

Recordou-se do quanto o irmão trabalhava, todas as horas sugadas num emprego no qual ele não acreditava, a vida infeliz que ele levava no Brasil, antes de se converter e sair do país, antes de, nas palavras tão batidas que ele usava, *ter encontrado o seu caminho*, e Alina se lembrou também de ter prometido a si mesma, no funeral, que ia repensar a própria vida, que podia ter sido ela a morrer num acidente banal, e que nos últimos instantes de vida saberia que passou boa parte de sua existência se sentindo usada por uma empresa, e nada poderia ser pior do que essa certeza final.

Um ano havia se passado e nada havia mudado.

Do outro lado da rua, via o prédio inteiro da Fiesp piscando com mensagens de que os alienígenas estavam aqui, entre nós. Era a filmagem do curta-metragem de Júlia. Aproximando-se mais, podia ver a amiga com o olho grudado no visor da câmera, acompanhando cada frame gravado, enquanto Miguel caminhava ao fundo, fingindo ser um pedestre comum, seu papel de figurante naquele momento. A filmagem passou a atrair alguns curiosos, inclusive uma reportagem de TV de verdade, que registrava a reportagem falsa de TV da equipe de Júlia, adicionando mais uma camada de metalinguagem que Júlia com certeza iria explorar. Ela parecia tão contente.

Alina pegou o celular, localizou o cartão jogado no fundo da bolsa e num impulso ligou para a delegacia. Quando Carla atendeu, Alina foi tomada por um constrangimento — precisou explicar quem era; uma semana tinha se passado e aquele caso muito provavelmente não era prioridade da polícia — e ouviu alguns segundos de silêncio até Carla enfim dizer que sim, claro, claro, Alina, qual o motivo de sua ligação?

"Eu pesquisei a ordem na internet e…"

"Ótimo, e então, você descobriu algo?"

"Clicando no link do site que parece ser deles, um Tumblr… você sabe o que é Tumblr, né? Tipo um blog de ima…"

"Sim, eu sei."

"Então, tem um endereço de e-mail."

"Sim, sim, claro. Mandamos um e-mail. Sem assinar como sendo da polícia, é óbvio."

"Ah, mandaram?"

"Sim. Nunca responderam."

"Veja só…"

"Pois é. Não podemos entrar em contato com o Tumblr e convencer a empresa a nos passar os dados de um cliente por causa de um símbolo ligado de modo bastante indireto a casos de desaparecimento, sem violência clara nem acusação e queixa dos desaparecidos."

"Entendo."

"Certo. Mas conte mais, o que você descobriu? Algo sobre o símbolo?"

"Não, não descobri mais nada. Telefonei para saber se vocês tinham visto o site, o endereço de e-mail para ser específica." Depois de um silêncio em que sua respiração era audível, Alina complementou: "E eu também mandei um e-mail".

"Ah, sim?" Carla pareceu surpresa. "E... alguém respondeu?"

Alina parou e pensou.

"Não. Nada também."

Pelo silêncio que seguiu, ficou claro que a delegada estava medindo suas palavras.

"Veja bem, este é um caso policial. Não se sabe o que está em jogo. Se é perigoso. E há muitas chances de ser, de fato, perigoso. Então eu agradeço sua ajuda, mas o melhor seria que você deixasse isso com a gente, certo?"

"Sim, sim, claro, entendo completamente", Alina concordou com uma artificialidade que pôde ser percebida mesmo através de uma ligação.

"O.k., se por acaso eles responderem ao seu e-mail, voltamos a conversar, pode ser? Anote meu número de celular."

Carla passou o telefone, agradeceu o contato, as duas desligaram, e Alina ficou um tempo olhando as pessoas caminhando apressadas pela avenida, pensando: por que diabos fiz isso?

Se eu tivesse dito a verdade, Alina pensou, Carla a criticaria por ter bancado a investigadora. Mas, se contasse a verdade, entregando o endereço da Consolação, a polícia podia ter aparecido naquele local, naquele horário, não? Não era bem assim — precisavam de um mandato de busca ou algo do tipo, e isso não se consegue do dia para a noite sem provas concretas. O melhor seria investigar por conta própria, como uma detetive de romance policial que se envolve por acidente com um caso misterioso. Porém Alina não era nenhuma detetive, apenas uma editora de vídeos anônima. E se, por apenas uma noite, ela fosse outra pessoa?

A ansiedade voltou a afligi-la, e a imagem da sombra no seu cubículo a assaltou. Levantou-se da mureta do Masp, decidida a continuar sua caminhada. Mas para onde? Ela não podia retornar no sentido Paraíso. Se caminhasse naquela direção, corria o risco de ser avistada por algum colega de trabalho que a denunciaria ao chefe — e por mais que detestasse o emprego, ainda era melhor do que voltar de bolsos vazios para o Sul do país.

Na frente do Masp, mendigos e loucos de todas as espécies, hippies falando espanhol, um peruano vestido com roupas folclóricas, um turista alemão com as bochechas vermelhas. Alina seguiu rumo à Consolação. Prédios e construções ao lado, a cidade efervescente mesmo em horário oficial de trabalho, um cheiro de urina indo e voltando ao passo que caminhava, skatistas rasgando a sarjeta a poucos centímetros dela, executando um salto falhado sobre um amontoado de latinhas de cerveja, uma mulher colando poemas rabiscados em um papel amarelo nos postes de luz, a ciclovia vermelha à sua esquerda, uma bicicleta carregando pedidos do McDonald's.

Continuou caminhando. Encontrou uma menina oriental cujo nome não conseguia se lembrar, mas com quem tinha conversado em alguma festa ano passado, talvez, ou este ano, alguém com quem dançou e com quem conversou sobre filmes, livros e música, e a menina olhou para Alina e Alina olhou para ela, e as duas se cumprimentaram com uma leve erguida de sobrancelhas, a menina estava caminhando no sentido contrário, de modo que a cena toda durou apenas alguns segundos e foi isso,

Alina passou por ela, Alina não lembrava seu nome, ela provavelmente não se lembrava do nome de Alina, mas em alguma festa as duas acharam que poderiam ser amigas, as duas gostavam muito daquele filme que pouca gente gostou, as duas dançaram intensamente na sala de estar aquela música daquele produtor norueguês que ia tocar num bar da Liberdade no próximo mês.

Alina passou por um banco enorme com inúmeros caixas eletrônicos. Dois guardas vigiavam a porta com espingardas. Uma série de casas improvisadas de papelão. O cheiro de fezes humanas tornava o ar quase irrespirável. Na frente do shopping, um homem fantasiado de Slash, cartola e cabelão, tocava porcamente canções do Guns N' Roses, errando todas as notas, prolongando solos. Um grupo de turistas se reuniu ao redor dele para assistir à tragédia. Dois homens se beijavam com carinho e intensidade próximo à escada rolante. Alina atravessou a rua, rumo ao Conjunto Nacional, para matar algum tempo na livraria.

Sem pensar muito, depois de passar a porta e o corredor da entrada da livraria, pegou na estante de lançamentos um livro que chamou a atenção pela capa e rumou para o café; ia sentar e dar uma folheada. Largou o livro na mesa e não o abriu. Em vez disso, tirou o celular da bolsa e mandou uma mensagem para o Fábio, que morava na Bela Cintra, poucas quadras dali.

"Ei, quer me encontrar aqui no Conjunto Nacional?"

"Trabalho tá pesado, hein?"

"Precisei dar um tempo depois de seguir tuas recomendações de como abrir um certo link…"

Fábio concordou em passar ali em poucos minutos. Alina olhou para o livro que levara à mesa. Conferiu as redes sociais. Um antigo cantor de blues que ela achava que estava morto havia muitos anos tinha acabado de morrer, e o Facebook inteiro lamentava profundamente aquela perda. No site de um jornal, viu que um homem em algum país escandinavo tinha matado vários alunos numa escola. Um possível caso de ebola na África. Terremoto num país do Sudeste Asiático que ela não sabia localizar no mapa. Se Alina estivesse procurando sinais de que o mundo se aproximava do fim, bastava abrir o jornal — a sequência de manchetes insinuava que algo muito estranho acontecia por toda parte. Mas ela sabia que era só uma questão de acesso a informações, de como as notícias se organizavam no jornal, do que era considerado relevante do ponto de vista do jornalismo. O mundo, Alina pensou, sempre esteve acabando.

Uma hora tinha se passado, o expresso duplo que ela pediu tinha esfriado, quinze páginas do livro tinham sido lidas — suficiente para ela decidir não comprá-lo —, posts do Facebook e do Instagram tinham sido curtidos, comentários tinham sido feitos. Ordens esotéricas não ocupavam mais seu espaço mental, a internet tinha fornecido entretenimento o suficiente para ela esquecer tudo que a afligia. Posso voltar ao trabalho agora, Alina pensou. E então escutou alguém chamando seu nome.

"Que coincidência! Você por aqui!", escutou, em tom irônico.

Ela se virou e viu a figura corpulenta de Fábio se aproximando, seu jeito desengonçado de um homem de quase dois metros de altura.

"Sempre acho incrível quando consigo convencer você a sair de casa por uns minutinhos", ela comentou.

Ele riu e perguntou: "Agora sério, você não deveria estar no trabalho?".

"Longa história."

"Notei. Me deixou falando sozinho no Gtalk."

Alina fez um sinal para que ele se sentasse. Ele negou, falou que já tinha resolvido o que precisava fazer e ofereceu como contraproposta uma cerveja. Ela conferiu o celular: quatro da tarde.

"Meio cedo, né?", ela comentou.

"O que você tem que fazer, ir para a igreja?"

"Se um colega me vir bebendo a essa hora, tchau emprego."

"Ah, sim, você ia ficar muito desolada."

"Eu ficaria muito feliz até chegar o aluguel."

"O.k., então a gente não bebe na Paulista."

Os dois concordaram em procurar algum lugar aceitável na Augusta, o que não era nada fácil. Saíram do Conjunto Nacional, atravessaram a Paulista. Na esquina da Augusta, um homem de vestes africanas se aproximou de Fábio falando inglês, pedindo dinheiro para chegar até a USP por algum motivo que Alina não entendeu direito, e Fábio negou o pedido e continuou caminhando, enquanto o africano berrava que as pessoas tinham que se ajudar.

"Ué, você nunca nega um trocado", Alina comentou.

"Esse cara me pediu dez reais com a mesma historinha uma outra vez no metrô Sumaré. Daquela vez eu dei. Ninguém aqui é palhaço."

Encontraram, algumas quadras para dentro do bairro, um bar que parecia menos lotado de adolescentes. Pediram a cerveja mais barata do cardápio.

"Então, me conta de você", disse Fábio.

E Alina notou que para ele, ao contrário de Miguel e Júlia, por exemplo, tinha novidades a contar. Fábio abandonara o Facebook no mês retrasado após uma brincadeirinha que saíra do controle. Bêbado, de madrugada, sozinho em frente ao computador, ele decidiu que comentaria o que realmente pensava nos posts de todos os supostos amigos da rede. Começou a digitar o primeiro comentário e pensou: não, isto é banal demais, só vou me incomodar, melhor ser criativo. Então passou a madrugada inteira comentando posts alheios apenas com citações descontextualizadas de Eclesiastes. É o tipo de brincadeira que não faz o menor sentido, caso você não conheça o Fábio.

O primeiro post foi o de um ex-namorado, que fotografara o cabelo com a desculpa de mostrar "como tinha ficado horrível o corte". Fábio começou: "Vaidade das vaidades. Tudo é vaidade". Gargalhou até ficar com falta de ar. A reação de amigos em comum foi instantânea, sempre tem alguém insone com o celular dando um *scroll* infinito nas notícias das redes sociais, mas Fábio não se intimidou e continuou. No post de um amigo que mostrava tudo o que estava lendo para completar um mestrado que parecia estar fazendo há cinco anos, de tanto que ele mencionava a maldita dissertação, Fábio comentou: "Na sabedoria há muito luto. Quem aumenta seu conhecimento, aumenta sua dor". No texto do amigão que só postava para denunciar afrontas perpetradas por algum colunista de jornal, um crime no outro canto do mundo, ou para juntar-se ao linchamento público de alguém que falara algo ofensivo, Fábio citou 2:11: "Olhei para todas as obras que minhas mãos fizeram, como também para o trabalho que eu, trabalhando, tinha feito, e eis que tudo era vaidade e aflição de espírito, e que proveito nenhum havia debaixo do sol". Sua diversão foi ficando cada vez mais insana, e ele só cansou por volta das seis da manhã, quase exausto de tanto rir. Foi dormir e, quando acordou, às duas da tarde, notou que sua brincadeira tinha fomentado tanto, tanto ódio, que não havia outra opção além de deletar sua conta na rede social. Também acabou perdendo alguns amigos na vida real. Alina perguntou uns dias depois do ocorrido se tinha valido a pena. Ele respondeu que sim, sem dúvida, os amigos de verdade sabiam como ele era, qualquer um que deixara de falar com ele por causa disso não valia a pena manter como amigo.

A obsessão de Fábio com o Antigo Testamento vinha de longa data. Quando o irmão de Alina morreu, Fábio insistiu que lesse com atenção Eclesiastes, mas ela se recusou. "Não preciso de palavras de conforto", ela disse, "muito menos da Bíblia." Fábio justificou que havia muita coisa de interessante em vários livros ali, de Êxodo ao Cântico dos Cânticos, que a vida não era só manuais de bruxaria. Alina recordou que boa parte da bibliografia de ocultismo ela havia lido por indicação dele, Fábio, que se formara em história anos antes e era a única pessoa que conhecia que tinha se especializado em religião comparada.

"Então, me conta de você", foi o pedido no bar da Augusta.

E Alina começou a falar que não tinha novidade alguma, que a vida era aquilo de sempre, podia comentar o que andou escutando de música ou visto de séries. Terminaram uma cerveja, pediram outra. Alina conferiu o horário.

"Você parece ansiosa com algo", ele disse.

Alina suspirou. Não sabia se devia contar sobre o convite. Na terceira cerveja, a revelação pareceu mais aceitável.

"Pois o negócio é o seguinte."

E contou tudo, desde a visita à delegacia, o e-mail recebido, até o que viu no link da deepweb.

"Então foi isso que você viu, é? Uma sombra? Quando resolveu desaparecer do Gtalk? Me deu um susto, menina."

"Sim. E o que foi que você enxergou no link?"

"Um símbolo cheio de triângulos, umas imagens meio sinistras que piscavam rápido demais para entender o que era."

Alina estava ansiosa mais uma vez. O efeito amortizador do álcool tinha desaparecido de repente. A tensão nos seus ombros tornou-se de novo uma presença incômoda, como se um músculo que ia do pescoço à lombar fosse uma corda de violão puxada por uma unha invisível.

"Então", ela disse, "você acha que eu devo ir hoje?"

Fábio a fitou nos olhos com uma seriedade que ela raramente o viu demonstrar.

"Não. De jeito nenhum. Não vá nisso. Parece perigoso. Mesmo."

Alina mexeu no copo de cerveja, observou o líquido bailar pelo fundo do copo de vidro.

"Você sabe por que os católicos perseguiram todas as seitas ocultistas, né?", ele disse.

"Olha, acho que sei, mas sinto que você vai me contar mesmo assim."

"Porque Jesus chegou e disse, basicamente, que o mistério de Deus é aberto a todos. Essa coisa de rituais, iniciações, gnosticismo, segredos passados de geração em geração... não é para todos, portanto não é de Deus."

"O.k., mas você é judeu, não católico."

"Bem observado."

Fábio fez sinal para o garçom trazer mais uma cerveja. Alina pensou em impedi-lo, mas estava tão absorta nos pensamentos que acabou deixando passar.

"Você não vai, então, certo?", ele pressionou.

"Não, tem razão, acho que não. É muita loucura. Esse pessoal deve ser perigoso de fato."

"Total."

Continuaram no bar. E o sol foi se pondo, embora nunca se enxergue o pôr do sol em São Paulo, apenas os raios de sol mudando de cor, passando por um laranja intenso e depois se tornando um amarelo apaziguado, e as pessoas, das janelas dos escritórios nos arranha-céus, olham para o céu e veem aquela camada cinza de poluição flutuando no ar, mais sólida e espessa do que uma nuvem, e não pensam na noite que se aproxima, só pensam que chegou o horário horrível de voltar para casa, no trânsito paralisado que terão de suportar, no metrô lotado e irrespirável, e chegarão em casa cansadas, e ligarão a TV, ou sairão para um bar, um restaurante caro, ou se recolherão no seu canto e dormirão, pois no dia seguinte tudo se repete e os dias são todos mais ou menos os mesmos, e ainda assim a noite cai, e traz uma ansiedade, um desconforto, até mesmo numa metrópole dessas, que tem tudo sob controle, a noite chega, e as coisas, de repente, não são mais as mesmas.

Uma memória costuma assaltá-la nos momentos em que ela menos espera, quando apoia a cabeça contra o vidro da janela do ônibus, ou quando liga o chuveiro e não está pensando em absolutamente nada enquanto aguarda a água aquecer.

Na faculdade, antes de descobrir o universo do ocultismo, Alina estava cansada dos colegas de história, de suas camisetas do Legião Urbana, dos cartazes de papel pardo escritos em letra vermelha, das festas com brigadeiros de maconha, e decidira frequentar uma disciplina de outro curso para arejar a mente e tornar a faculdade mais suportável. Escolhera filosofia da ciência: não parecia exigir grandes conhecimentos de ciências exatas e com certeza traria leituras muito diferentes daquelas às quais estava habituada.

A aula se revelou uma decepção logo no primeiro dia: a lista de leituras do semestre era composta quase apenas de livros de divulgação científica simples, o professor demonstrava problemas graves para articular ideias, e Alina provavelmente teria abandonado a disciplina se não fosse uma colega de cabelo pintado de rosa, mal pintado, com a tintura desbotada em várias outras cores e uma pele amendoada que era fruto de uma mescla étnica difícil de distinguir.

Até aquele momento, as experiências de Alina com outras mulheres tinham sido superficiais: beijos entre duas bêbadas em festas, uma amassada na coxa alheia durante uma conversa no bar. Quando viu a menina do cabelo violáceo sentar ao seu lado no primeiro dia, sentiu uma reação instantânea no corpo inteiro, e ficou tão abalada que mal conseguiu dar bom-dia.

Nas aulas seguintes, tentou a todo custo conversar com a menina, criando situações artificiais, pedindo uma caneta emprestada (ao mentir que tinha esquecido em casa), perguntando algo estúpido sobre a aula (com o argumento de que não tinha escutado direito o que o professor disse). Alina se sentiu despreparada como uma criança de dez anos apaixonada pelo colega de escola. Não sabia nada sobre a menina de cabelo rosa além do nome (que descobriu pela chamada em voz alta) e o curso que fazia (química), no entanto pensava nela constantemente, a imagem da garota aparecia até no meio da noite, e Alina não conseguia voltar a dormir até atingir o orgasmo com a idealização do corpo nu da menina preenchendo sua mente.

Após quatro semanas de aula, o professor distribuiu livros para cada aluno apresentar um seminário de uma hora nas aulas seguintes. Alina escolheu *O mundo assombrado pelos demônios*, de Carl Sagan, que seu pai adorava. O professor pediu a leitura de poucos capítulos, mas ela acabou lendo o livro inteiro, seduzida pela prosa fácil e acessível do cientista. Na obra, Sagan desmascarava inúmeros casos de pseudociência, desde contatos alienígenas até comunicação com espíritos. Um dos capítulos oferecia uma celebração gigantesca ao método científico: era um guia de como detectar pseudociência, um clamor por questionamentos, hipóteses e testes, por fazer todas as perguntas necessárias, enfim, um manual do ceticismo. E mais: o livro defendia uma visão espiritual do mundo através da ciência, contemplando a beleza do universo sem apelar para superstições. Alina não ofereceu resistência: logo ficou convencida de todos os argumentos. Preparou um trabalho extremamente detalhado para apresentar em aula.

Quando chegou o dia, caminhou até o quadro, virou-se para o resto da classe, enxergou aquelas quinze pessoas com quem nunca tinha conversado, entre elas a linda menina cujo rosa do cabelo estava cada vez mais desbotado, e começou a apresentação. Nunca foi boa falando em público, mas naquele dia discursou com alegria, como se dominasse o assunto e quisesse persuadir estranhos na rua a acreditar naquilo, a converterem-se à igreja do ceticismo. De quando em quando, olhava para ver se a menina de cabelo rosa prestava atenção, fitava-a nos olhos, e percebia que sim, ela prestava atenção, mas na verdade não muita, não parecia estar realmente ali, não parecia estar acreditando.

Voltou ao seu assento escutando elogios entusiasmados do professor quando a revelação a atingiu: não há nada menos erótico do que a defesa da ciência. Sagan insiste em quase todos os capítulos que, se não há provas plausíveis, que podem ser testadas em um ambiente controlado, ou matematicamente comprováveis, para a existência de algo, muito provavelmente tal coisa não existe — simples assim. Dragões? Alienígenas? Alma? Deus? Quero provas, pede o cientista. E Alina não entendia o sentimento que a menina de cabelo rosa despertava nela. "Amor à primeira vista" seria como um conto de fadas definiria, mas Alina nunca chamaria de amor um sentimento por uma pessoa de quem não sabia nada além do nome e do curso. E, ainda assim, havia algo, algo cuja existência não podia demonstrar empiricamente, a ciência diz que está tudo no nosso cérebro, e provavelmente está, Alina pensava, porém nada disso me ajuda, nada disso me fará provar à menina de cabelo rosa o que sinto por ela.

Acreditar em algo, quer seja Deus, quer seja amor, exige sacrifício, Alina pensou, exige que você esqueça o método científico e a cobrança por provas, exige que se iluda, se engane, Alina pensou, e não crer, o caminho de ceticismo, isso também exige sacrifício, exige que você descarte todos esses sentimentos que nunca conseguirá nomear.

A aula terminou, a menina juntou suas coisas e foi embora sem olhar para trás, Alina conversou brevemente com o professor, que elogiou outra vez sua apresentação. Na semana seguinte, seria a vez de a menina de cabelo rosa apresentar seu seminário, mas ela simplesmente não apareceu e nunca mais deu as caras na aula, abandonando a disciplina sem oferecer explicação alguma.

O semestre acabou, Alina recebeu a nota máxima na disciplina. Nunca mais encontrou a menina de cabelo rosa, nem mesmo quando ia até o prédio da Química tomar um café. No semestre seguinte, descobriu o ocultismo e, ao encontrar esse ramo de estudo, o curso de história se tornou mais tolerável. A lembrança da menina de cabelo rosa aparece nos momentos mais inesperados, mas Alina nunca associou o repentino interesse nas artes esotéricas a uma anedota pessoal como aquela.

Quando finalmente pediram a conta no bar, Alina se levantou e sentiu que o piso não estava mais tão sólido. Jogou duas notas de dez reais sobre a mesa e disse que ia para casa comer algo e dormir. Fábio parecia contente e aliviado com a ideia. Despediram-se com um abraço e um beijo. Alina cogitou voltar a pé, mas acabou optando por um táxi, que conseguiu chamar na rua em quinze segundos.

Subiu até seu apartamento no décimo quarto andar, abriu a porta, foi à cozinha e encontrou um recado preso à geladeira no qual sua colega de apartamento informava que dormiria na casa do namorado naquela noite e pedia desculpas pela bagunça. Alina olhou a pia: absolutamente lotada de panelas sujas, pratos e copos. Garrafas vazias de cerveja transbordavam da lata de lixo. Abriu a geladeira: um pedaço de queijo, um pacote de pão de forma vencido havia dois dias, diversos temperos. Uma lasanha congelada no freezer.

Deixou a bolsa sobre a mesa e despencou no sofá da sala. Ficou olhando o teto. A TV desligada. Netflix e comida congelada para esta sexta-feira, pensou. Ou aceitar o convite para o aniversário de Cláudia naquela festa que acontecia todo mês num apartamento abandonado no Centro da cidade, mesmo sabendo como se sentiria no dia seguinte. Alguns anos atrás, ela nunca cogitaria ficar em casa numa sexta à noite.

Voltou à cozinha, abriu a geladeira outra vez e reparou que havia uma garrafa aberta de vinho tinto. Pegou a taça mais gorda do armário, encheu-a e foi até seu quarto bebendo. A cama desarrumada, o ar rançoso de um quarto sempre fechado. Abriu a persiana, deixou a luz dos postes entrar no quarto. Escutou um miado, o gato da colega passou roçando por sua perna pedindo atenção.

"Acho que vamos ser eu e você hoje", murmurou enquanto acariciava o felino.

Voltou para a sala, ligou a TV, que inundou o ambiente com luz e ruído. Em um canal, passava um antigo filme com Gene Hackman no qual o personagem era um especialista em gravações e vivia em função de registrar conversas secretas sem que ninguém percebesse. Alina tomou mais um gole de vinho. O filme a cativou em poucos instantes, mesmo ela tendo perdido o início da história, e uma ideia foi ganhando força na cabeça dela.

E se, Alina pensou, eu for ao ritual e deixar o gravador de áudio do celular ativo, em segundo plano, e assim conseguir uma prova do que fazem por lá? Era um plano digno de filme hollywoodiano. E nunca, jamais, teria cogitado levar esse plano adiante, se não tivesse tomado cerveja e vinho. Quando terminou a taça, o filme continuava rodando na TV, mas Alina já estava decidida a abandonar a noite silenciosa e monótona e viver uma aventura. Pegou o celular na bolsa, conferiu se estava com a bateria cheia, ligou o gravador, testou deixar o aplicativo oculto, abrindo outro aplicativo por cima, conferiu que continuava gravando, falou "alô, alô" para averiguar o que conseguia captar com ele dentro da bolsa, ao fundo. Ela tinha um plano, era um despropósito, uma loucura, um capricho, e não ia mais pensar nisso, apenas executaria. Desligou o gravador para poupar bateria.

Foi ao quarto para trocar de roupa. Abriu o armário e pensou: que coisa ridícula — qual o código de vestimenta para um ritual? Colocou um vestido preto, básico porém elegante, que, de forma conveniente, tinha um discreto bolso preto na lateral onde cabia o celular.

Trocou a areia do gato, bebeu mais um gole de vinho, colocou a taça na pia, saiu, fechou a porta. Na rua, olhou para o céu. Há algo a dizer sobre o céu noturno de São Paulo: é dos mais escuros possíveis. O brilho artificial da cidade oculta todas as estrelas do céu, enquanto a iluminação precária dos postes, suas luzes amareladas e caídas, dão a impressão de que, ao andar pelas ruas, você está procurando seu caminho por um mundo de sombras.

NOITE

Por muito tempo eu procurei expressar o efeito da noite em quem eu sou, e por muito tempo procurei em outros lugares, na história, no cinema, na poesia e na música uma explicação, e diversas vezes achei que tinha encontrado algo, mas toda explicação se revelou incompleta ou imprecisa, talvez porque eu estivesse buscando em outro lugar que não dentro de mim, e embora eu seja capaz de articular teorias sobre os motivos que levam filmes de terror — especialmente os sobrenaturais — a se situarem durante a noite, quando o escuro obriga nossa imaginação a preencher lacunas, ou embora possa discorrer sobre a obsessão dos poetas românticos pela lua e pelo silêncio da madrugada, mesmo falando de tudo isso, estaria apenas produzindo palavras, sendo inteligente, porém falsa, artificiosa, e não encontraria solução alguma. É preciso, penso, acabar com toda ilusão de objetividade. É preciso, penso, parar de narrar esta história em terceira pessoa, falando de mim mesma como se eu não fosse a própria Alina, como se enxergasse o mundo à distância e pudesse entrar na cabeça de Alina e entender exatamente o que ela sente. É noite, penso, e tenho de reconquistar minha própria história.

Eu saí de casa e olhei o horário no meu celular e decidi que se chamasse um táxi chegaria rápido demais ao local, que o melhor seria ir a pé até lá, embora detestasse a Consolação à noite e morresse de medo de ser assaltada lá, ou, sendo mulher, algo muito pior. É disso que o brasileiro mais tem medo, pensei, de um assalto violento, tomar um tiro porque demorou alguns segundos para entregar o celular ao ladrão, pensei enquanto caminhava na rua, e pelo bairro sempre preciso saltar corpos estendidos no chão, cobertos por um lençol de manchas marrons e amarelas, gente dormindo na rua que pode muito bem estar morta, e o brasileiro também morre de medo de perder o emprego, nada pode ser pior para o brasileiro do que não ter como alimentar sua família, nada apavora mais o brasileiro do que o risco de se tornar essas criaturas deitadas na sarjeta, medos urbanos, medos contemporâneos, pensei, de certa forma, a vida na cidade nos cegou para qualquer outro tipo de medo que não o imediato, e nosso pavor das sombras se transformou no pavor do outro, na pessoa que se aproximará na rua deserta com um revólver e o olhar vidrado, que exigirá nosso dinheiro e nos lembrará que muita gente não tem nada enquanto nós somos privilegiados, e eles podem aparecer e, para nosso extremo terror, mostrar que não somos nada além de pedaços apavorados da mais frágil carne diante do cano de um revólver. E nós andamos pela noite com medo disso, e nenhum de nós carrega um medo impronunciável da noite, nenhum de nós caminha com um terror metafísico, todos nós tememos os rostos que as sombras podem esconder, de tal forma que deixamos de temer as sombras em si.

Eu caminhava pelas ruas e pensava nisso tudo, mas pensar nisso tudo também era uma maneira de ignorar e esquecer o desvario que era ir até esse local, seguir ordens de um e-mail que beirava o agressivo, correr o risco de virar a próxima pessoa a ser interrogada numa delegacia, riscando na minha pele um símbolo incompreensível.

A Consolação estava mais movimentada que o normal: na sexta-feira, sempre há essa enxurrada de carros guiados por pessoas desesperadas para sair de São Paulo e respirar um ar mais puro nem que seja por um dia. Em poucos minutos cheguei ao prédio: um típico edifício da rua, distante do cemitério, mais próximo à praça Roosevelt, feio e malcuidado, com a tinta amarela descascada e manchada de fuligem, uma placa de VENDE-SE com um número de telefone pendurada na porta de entrada. Olhei por entre as grades de ferro: não havia portaria, precisaria tocar diretamente no número do apartamento, o que me tranquilizou, pois não saberia o que dizer a um porteiro, não sabia o nome de ninguém e me recusaria a pronunciar o nome do grupo a um estranho.

Conferi o horário: estava cinco minutos adiantada. Olhei ao meu redor feito uma estúpida, morrendo de vergonha de tocar o interfone do apartamento, de ter chegado antes da hora. Um homem de casaco bege passou pela rua fumando um cigarro, e pedi um, que ele tirou de dentro do bolso e acendeu no seu, e fiquei ali na frente do prédio, engolindo fumaça, envergonhada caso outra pessoa do grupo também aparecesse naquele horário, um constrangimento adolescente que me lembrou a sensação de chegar em uma festa de aniversário onde eu não conhecia ninguém. Terminei o cigarro, ansiosa, apaguei-o com o pé contra a sarjeta, murmurei que eu não tinha mais idade para isso e toquei o número do apartamento no interfone. Aguardei poucos segundos, até uma voz masculina perguntar quem era, e eu responder: "Alina". E, ao falar meu próprio nome, ele soou estrangeiro a mim mesma.

Um ruído elétrico e desagradável fez as grades da porta vibrarem, destravando o portão. Entrei no prédio, segui por um corredor de lajotas quebradas e teto mofado até chegar a um elevador pantográfico vermelho igualmente decrépito. Fechei a grade lentamente, mas o metal rangeu como se estivesse tentando acordar a vizinhança. Enquanto a jaula metálica subia até o décimo quarto andar, juntei minhas mãos e senti que tremia, e nem estava frio o suficiente para justificar a tremedeira.

O elevador parou num golpe súbito, abri a grade de metal e saí em outro corredor escuro. Enquanto procurava o interruptor, notei que uma porta se abriu na outra ponta do corredor, jogando uma luz branca sobre a parede. Foi quando me lembrei que não tinha ativado o gravador. Peguei o celular, fingi que estava conferindo mensagens, apertei o círculo vermelho e recoloquei o aparelho no bolso. Caminhei até o retângulo de luz branca, certa de que era o apartamento em questão.

Do outro lado da porta estava uma mulher, um pouco mais velha do que eu, mas não muito, de maquiagem impecável, batom vermelho, sobrancelhas escuras e marcantes, as pálpebras pintadas com um traço preto que se estendia para além dos olhos, e essa mulher me deu as boas-vindas, abriu mais a porta e fez sinal para que eu entrasse.

Eu não sabia o que esperar, mas certamente não contava com o silêncio com que fui recebida e com o homem (dono da voz no interfone) sentado no sofá, com uma expressão de tédio. Cumprimentei-o e notei que nenhum dos dois me disse o nome. Era de fato como uma festa para a qual eu tinha chegado muito antes, pensei, e então me dei conta de que provavelmente não seria ali o ritual, naquele apartamento igual a qualquer outro, com um sofá verde desbotado ocupando um terço da sala que encarava uma TV de quarenta e tantas polegadas, e centenas de livros empilhados de forma desorganizada numa estante, curvando as prateleiras de madeira quase a ponto de ruptura. A janela, ampla como em todos os prédios antigos, exibia o desenho dos prédios de tamanho irregulares, uma silhueta familiar, igual a qualquer cidade grande em um país subdesenvolvido, mas eu sabia que, se me aproximasse da janela e olhasse para o outro lado da rua, para baixo, veria à distância todas aquelas sepulturas no cemitério, todas as flores deixadas pelos vivos.

Fizeram sinal para que me sentasse na poltrona lateral, o que fiz, ofereceram um vinho, o que aceitei, mesmo com uma sutil dor de cabeça despontando no horizonte, provavelmente por culpa da cerveja barata tomada poucas horas antes, e a mulher cujo nome eu desconhecia voltou em poucos segundos com o vinho num copo de requeijão. Eu peguei o copo e levei-o à boca lentamente, demorando no meu gole inicial, para ver se de alguma forma eles começavam a falar antes de mim, o que não aconteceu.

"Então...", eu disse, colocando o copo sobre a mesa, enquanto a mulher se sentava ao lado do homem no sofá, um homem que, agora eu notava, tinha um olhar morto, como se seus olhos fossem de vidro, e ostentava uma barba portentosa e escura que deixava a pele ainda mais branca.

"Vamos ser sinceros com você", ele disse, me fitando com seus olhos opacos.

Sorri e me senti idiota por sorrir.

"Você não é obrigada a nada", continuou. "Não nos deve nada. Não precisa ir conosco."

A mulher deve ter notado minha perplexidade, pois brincou: "Como você deve ter notado, nada demais acontecerá aqui nesse apartamento...".

Eu ainda estava paralisada, pensando apenas em me esconder, e tomei mais um gole de vinho para ver se relaxava.

O homem me olhou com seriedade e anunciou que eu podia perguntar o que quisesse. Respondi que não saberia por onde começar, que eles eram os líderes e — então ele me interrompeu com uma gargalhada.

"Não somos líderes de nada!", falou entre risadas, a língua

prensada entre seus dentes e um olhar que deixou de ser envidraçado e se tornou um pouco desvairado. "Somos jovens demais para isso…"

"Mas foram vocês que me mandaram o e-mail, certo?"

"Sim, nós somos responsáveis pela parte de internet, pelo site, pelo contato com pessoas de fora…"

Eu estou conversando com o maldito *social media* de uma empresa, pensei comigo mesma, e isso deixou tudo mais leve, e dei um sorrisinho, e o ambiente se tornou mais patético e inofensivo. Medo, tranquilidade, peso, leveza, tudo se constrói e se destrói em segundos na nossa cabeça. E então me lembrei do arquivo deixado em meu computador.

"Isso quer dizer que foram vocês que tentaram invadir meu computador hoje."

Os dois rostos se fecharam. A mulher olhou para o homem com expressão confusa, e ele olhou para mim bastante determinado. "Não faço ideia do que você está falando", disseram quase ao mesmo tempo. "Invadiram seu computador?", a mulher questionou, sincera.

"Deixa pra lá", eu disse, e tomei mais um gole de vinho, quase acabando com o líquido no copo, e para mudar o assunto de vez, perguntei quem era o líder, então.

"Você conhecerá todos em breve", ele disse.

"Se quiser nos acompanhar. Você ainda pode voltar para casa, aproveitar a sexta-feira de maneiras mais interessantes", a mulher complementou.

"Bom, agora já vim até aqui", eu disse, e já organizava em minha mente todos esses diálogos e acontecimentos, pensando em como ia contar aos amigos depois, e de como riríamos dessa palhaçada toda.

"Às vezes a gente precisa ir até o fim para ver no que vai dar, né?", o homem disse de forma amigável.

Então comecei de fato a fazer perguntas. Se eles não eram os líderes, o que eram? Ele respondeu que já tinha explicado a função e interrompi dizendo, não, na hierarquia, e ele respondeu que se quiséssemos podíamos disputar quem era o mais culto, o mais letrado, quem leu os livros mais autênticos, quem pesquisou as fontes mais confiáveis sobre sociedades secretas, e ele explicaria como funciona a hierarquia no grupo dele, e eu voltaria para casa e escreveria um artigo de religião comparada, traçando semelhanças com grupos famosos como a Golden Dawn, mas não, não iríamos ter essa conversa chata pra cacete, ele disse, de jeito nenhum, afinal, eu já tinha uma tendência a analisar excessivamente as coisas, a montar tabelas e diagramas, e você só precisa saber, ele disse, que não somos líderes de nada, somos apenas pessoas comuns que acreditam no projeto, e que, se em algum momento deixar de fazer sentido, vamos sair, como adultos.

E do que se trata o projeto, então? Ele me explicou que achava que o título era bastante óbvio: não tinham afiliações doutrinárias maiores, mas estudavam de tudo e tentavam separar o joio do trigo, entender o que é relevante e o que é charlatanismo em toda uma tradição esotérica que, por algum motivo, continua viva até hoje. Charlatanismo e magia andavam lado a lado, ele acrescentou. Não há nenhum mago sério que não tenha seu lado charlatão, exagerado, até mesmo os maiores de todos, os grandes nomes, e muitos inclusive acreditavam nas suas mentiras, não apenas iludiam seguidores e o público geral, é o problema de lidar com coisas não comprováveis de maneira empírica.

Então estamos do mesmo lado, eu disse. Nós dois queremos desmistificar, eu disse, e notei o ridículo da minha frase, desmistificar o misticismo. Ele respondeu que não, que estamos em polos absolutamente opostos, embora estejamos no mesmo eixo. Enquanto eu queria botar a culpa na história, provar que toda cren-

99

ça sobrenatural era produto de um contexto cultural específico, eles queriam descobrir e proteger o que há de verdadeiro das garras do senso comum e preservar essas tradições. Pois, se certas tradições foram mantidas e conseguiram escapar da história, da ciência, bem, é porque há algo de verdadeiro nelas, não?

Por que aqui?, perguntei. Por que São Paulo, por que Brasil? Ele sorriu e questionou se eu achava mesmo que o grupo era originário do Brasil. Joguei meu corpo para trás, retraída e me sentindo ingênua e ignorante.

Você passa quantas horas na internet?, ele me perguntou. Horas demais, respondi. A mulher sorriu e assumiu o papel de professora, empregando um tom mais amigável, e explicou que não faria sentido manter grupos localizados quando uma informação do Sri Lanka pode nos ajudar aqui no Brasil e uma descoberta aqui pode auxiliar um aprendiz solitário no norte da Irlanda. Assenti. Então vocês têm tipo um fórum?, perguntei, com a voz baixa e o temor de mais uma vez estar demonstrando desconhecimento de algo básico. Sim, ela respondeu, mas fora dos meios, digamos, oficiais. O homem interveio e fez uma piadinha sobre estarem no que jornais e revistas chamam, sem ter a menor noção do que estão falando, do lado obscuro da internet. Eles riram como se fosse uma piada interna. Meu vinho acabou.

Mas o que quer o grupo?, perguntei, me arrependendo da maneira abstrata com a qual me expressei, e me lembrei da cena de Suspiria, tão tosca e descolada da realidade do ocultismo, na qual um professor diz que tudo que as bruxas querem é conquistar poder e praticar o mal, como se fossem vilãs unidimensionais. O homem começou falando sobre como somos educados em matérias científicas, ou humanas, claro, mas o que importa é que, em termos espirituais, somos todos analfabetos. É preciso que nos eduquemos nas matérias do espírito, ele disse. Autoaperfeiçoamento, é isso?, perguntei como se estivesse tratando de um livro de autoajuda. A mulher interrompeu e disse que eu podia pensar assim, mas que esse tipo de raciocínio não leva a lugar nenhum.

O que nós queremos, ela disse, é o contato com o outro, com o que está lá, e tive impressão de que ela ia explicar o que queria dizer com "lá", quando o celular dela vibrou e tomei um susto que não consegui disfarçar.

Estou muito sensível, pensei, e senti o leve peso do meu celular no bolso, apoiado na minha coxa, e me lembrei que toda aquela conversa estava sendo gravada. A mulher se levantou de repente, ainda fitando a tela de seu iPhone, e anunciou:

"Está na hora. Vamos?"

Era tarde demais para voltar atrás e eu sabia. Notei que tinha feito muitas perguntas, mas que nenhuma delas esclareceu coisa alguma, por mais sinceras que tenham sido as respostas, provavelmente porque eu estava fazendo as perguntas erradas, e prosseguindo no equívoco perguntei "para onde vamos?", ao que o homem me respondeu: "Longe daqui".

Dividimos o elevador, num silêncio constrangedor, até a garagem, e entrei no banco de trás de um carro preto cuja marca eu desconhecia, porque nunca presto atenção nessas coisas, mas, num surto de autopreservação, anotei mentalmente o número da placa e logo após colocar o cinto de segurança mandei um SMS para o Fábio com o número da placa, sem nenhuma explicação. Ele não me respondeu, mas fiquei aliviada de saber que, caso algo acontecesse comigo, ele podia ir à polícia com essa informação. Foi quando me lembrei que tinha salvado o número da delegada. Cogitei escrever para ela também, mas não o fiz.

O homem cujo nome eu ainda não sabia ligou o som do carro, e alguma banda eletrônica cujo vocalista imitava Ian Curtis começou a tocar. Pensei: não há com o que se preocupar. É apenas um casal entediado que entrou nessa para dar uma temperada na vida. Devemos ter muitos gostos em comum, livros iguais em nossas estantes, talvez gostemos das mesmas bandas. Pensei: preciso prestar atenção no caminho que estamos fazendo — tomamos a avenida do Estado por muito tempo, passamos por uma rua cujo nome é difícil de acreditar que é verdadeiro, rua do Grito, e agora entramos à direita e agora à esquerda e direita e direita outra vez e não consegui mais acompanhar, já tinha esquecido metade do trajeto. Notei que trafegávamos por uma região da cidade que eu desconhecia em absoluto. Não tínhamos saído de São Paulo, que era o meu maior medo. Temia que fossem me levar para alguma cidade vizinha, onde o isolamento me deixaria ainda mais ansiosa, mas não, após passar por algumas fábricas abandonadas, nos encontrávamos numa região residencial composta quase apenas de casas, sem nenhum prédio gigantesco à vista. Os dois conversavam entre si, em voz baixa, e a música abafava a conversa de modo que eu só captava algumas palavras, e não cogitei puxar nenhum assunto.

Estacionamos numa rua deserta, ocupada apenas por alguns carros, com uma fileira de casas de classe média e luzes apagadas. Saindo do carro, o silêncio era incomum para uma cidade na qual é impossível ficar distante do ruído de sirenes e britadeiras. Mais uma vez pensei em acionar a delegada, enviar o localizador GPS de onde eu estava, mas não o fiz.

A noite trouxe consigo um vento frio, a temperatura tinha despencado muitos graus desde a hora que eu saíra do trabalho, e na rua pouco iluminada segui aqueles dois vultos escuros em minha frente rumo a uma casa com portão na altura da cintura, com um pequeno jardim frontal e uma porta de madeira na entrada, ou seja, um local desprotegido, sem grades nas janelas, um portão quase decorativo, que a mulher abriu levantando uma tranca de metal. O homem bateu na porta, e aguardamos em silêncio, eu um pouco atrás, ainda envergonhada pela situação, esperando que o casal me apresentasse, educadamente, a quem abrisse a porta, que fossem fazer com que eu me sentisse à vontade, que no dia seguinte eu pudesse lembrar da noite como uma sexta-feira curiosa, como uma ida ao cinema.

Decidi conferir o local exato onde eu estava no celular. Mantive o gravador rodando em segundo plano enquanto naveguei pelas telas atrás do maldito aplicativo de mapas, quando escutei um movimento por trás da porta, alguém conferindo o olho mágico, a porta se abrindo, deixando escapar luz e música de dentro, como uma festa de aniversário, e tive que guardar o celular antes de descobrir onde eu tinha ido parar. O homem que abriu a porta era muito alto, vestia um robe preto sem costuras nem amarras, com um capuz encobrindo a parte de cima do rosto, e o casal gentilmente me apresentou ao homem, disse o meu nome, disse "Alina, este é o Lúcio", e foram entrando na casa, e eu fui seguindo atrás, e quando passei pela porta não consegui vislumbrar o rosto do homem na túnica. Escutei o barulho da porta fechando atrás de nós, enquanto eu seguia o casal por um corredor de luz amarela até uma sala ampla, tão vasta que dava a impressão de que os donos da casa derrubaram muitas paredes para criar aquele espaço.

A sala carregava informação demais para absorver num primeiro momento: havia cerca de doze pessoas, todas vestindo essas capas pretas com capuz, a maioria delas com cálices de vinho na mão. A iluminação era fraca, como num filme em que registram um ambiente sem luz, mas que na verdade tem sua fonte de iluminação, pequenas lâmpadas em posições estratégicas, e havia muitas velas novas espalhadas em diversos pontos, quase todas apagadas. Numa parede, uma imensa estante de madeira que ia até o teto, forrada de livros. Na outra parede havia um quadro — se é que se podia chamar de quadro aquilo — tão grande quanto a lateral de um ônibus: uma pintura retangular predominantemente vermelha, com estreitas faixas verticais de outras cores em algumas partes. No chão da sala, símbolos que eu conhecia desenhados a giz, grandes círculos com inscrições que eu não conseguia enxergar com aquela meia-luz, e os quatro círculos, por sua vez, formavam um semicírculo em torno de um símbolo maior, o símbolo que a delegada me apresentou, a cascata de triângulos. Na parede mais distante da entrada, próximo aos triângulos, um altar com duas velas e um espelho escuro. Foi então que percebi que a sala não tinha janelas.

Eu tinha visto muito daquilo antes, em minhas pesquisas, em grimórios medievais, em livros de origem e veracidade questionáveis, em fóruns on-line de satanismo. E, no entanto, havia ali muitos detalhes para apreender, e o casal cumprimentou à distância todos os outros, pediram desculpas pelo atraso, falaram meu nome, disseram que eu acompanharia o ritual, e eu não quis virar para trás, não quis ver se alguém me observava, me julgava, eu olhava apenas para o chão, para os símbolos, para as letras hebraicas, as palavras em latim, e tentava entender qual era a do grupo, tentava localizar na memória de onde tinham tirado aquilo tudo, quais eram as afiliações, no que acreditavam, todas as perguntas inteligentes que eu deveria ter feito ao homem no apartamento na Consolação, mas que não fiz, intimidada pela situação e por aquela recusa em citar detalhes, traçar relações, comparar, fazer o que eu faço, falar a minha língua. Comecei a procurar coisas que eu reconhecesse: notei uma estatueta de são Cipriano em uma pequena mesinha no canto, e contemplei uma frase em hebraico gravada sobre o altar, uma frase que eu jurava já ter visto. Decidi me aproximar da estante de livros para bisbilhotar quais eram alguns dos títulos. Logo de cara reconheci algumas obviedades que eu também tinha na minha biblioteca, como *De Occulta philosophia*, de Agrippa, o *Ars goetia* e o *Malleus maleficarum*. Notei que eram edições em latim, e não traduções como os meus exemplares. Um grande tomo me chamou a atenção: era a edição de luxo do *Liber ABA*, em inglês, supus. Não estou em território tão desconhecido, pensei, sei do que isso se trata. Porém, continuei olhando a estante de livros, e após esse momento de reconhecimento inicial, percebi que havia dezenas ou centenas de volumes que eu desconhecia, com títulos em latim, hebraico e, a julgar pelos caracteres, aramaico e sânscrito. Passei a mão por elegantes lombadas de couro com letras gravadas em dourado. Livros raros que deviam custar uma fortuna, tudo isso escondido aqui, nessa casa prosaica, situada numa parte de São Paulo que eu não fazia ideia de onde ficava.

Um sentimento de desconforto foi crescendo em mim, e me dei conta de que o som que julguei ser música do lado de fora na verdade era um canto em alguma língua desconhecida sobreposto a uma só nota soando, uma nota distorcida que provavelmente era de guitarra, mas que carregava tanto ruído que o instrumento de origem se tornava indistinguível, assim como a duração da nota que reverberava pela sala, dilatando o tempo.

Decidi fazer algo ousado. Saquei o celular do bolso, ativei a câmera, e com ele na altura do meu peito, fingindo que estava conferindo mensagens, ativei a câmera e silenciosamente registrei a frase em hebraico gravada sobre o altar que eu pensava já ter visto em algum outro lugar: ‫ת'הוּ וָבֹהוּ‬.

Guardei o celular às pressas e me virei para a única parede que eu não tinha contemplado com atenção. A coberta quase inteiramente por um longo quadro retangular. O quadro era iluminado por pequenas lâmpadas incrustadas no teto que jogavam uma luz vertical sobre ele. De repente, uma voz feminina disse ao meu lado:

"É uma réplica, claro."

Eu me virei e enxerguei uma pessoa baixinha. Isso era a única coisa que eu conseguia perceber daquele ângulo: que era alguém de baixa estatura, pois o rosto estava encoberto pelo capuz.

"Réplica?", perguntei, voltando a encarar o quadro.

"Uma réplica detalhada, do mesmo tamanho, usando tintas similares. Foi caro, mas nada perto do preço do original."

Fiquei em silêncio e então decidi confessar:

"Não conheço o quadro. Achei que fosse uma arte abstrata qualquer."

Tive a impressão de que, por trás do capuz, a pessoa sorriu.

"*Vir heroicus sublimis.*"

"Não tenho ideia do que você está falando", insisti. "Não entendo nada de arte abstrata. Sempre achei meio decorativo."

"Muita gente acha que os artistas são uns sujeitos presos nos seus mundinhos, que não querem registrar a realidade", a mulher me explicou. "Que só ficam pintando quadrados e triângulos para os críticos aplaudirem. Mas não é verdade. Nunca foi. Mondrian se inspirou na teosofia, sabia disso? Quase todos os pintores dessa época tinham alguma ligação com as ciências ocultas", ela falou em tom professoral, como se repetisse um discurso pronto.

"E esse pintor... desse retângulo aí...", continuei, "ele é dessa época?"

"Não. Ele veio depois. Da época em que tinha virado ridículo acreditar em ocultismo. Mas, apesar disso, é o mais espiritual de todos. Quando pessoas começaram a acusar os artistas abstratos de só conversarem entre si, ele declarou que estava tentando penetrar nos mistérios metafísicos do mundo. Que a arte abstrata é uma arte religiosa, e que os símbolos, a geometria sagrada, representam os pilares da vida."

Eu me virei para a moça, impressionada por aquela aula. Ela se virou para mim e pude ver, enfim, o rosto dela, um rosto meigo, com um sorriso delicado, a boca sem batom, um cabelo castanho-claro curtinho. Devia ter a minha idade.

"Que legal. Mesmo. Eu não sabia. Você estuda isso?"

Ela me olhou com uma cara de incompreensão.

"Assim, na faculdade. Você é formada em artes?", perguntei.

"Não", ela respondeu, com secura, como se a minha questão tivesse sido absurda, impensável. "Nunca estudei nada disso. Aprendi aqui mesmo. Eu sou técnica de informática."

Ela levantou o braço e fez um sinal com a mão: "Chega mais perto. O artista planejou o quadro não para ser visto de longe, enxergando o quadro completo, mas para ver de perto mesmo."

Concordei com a cabeça e dei uns passos em direção ao vermelho. Contemplei a tinta, que parecia estar grudada à tela em uma camada espessa. Caminhei paralelamente ao quadro, me aproximando das linhas verticais que cortavam aquele oceano de cor.

Uma mão encostou no meu ombro, e senti como se tivesse tomado um choque elétrico. O meu celular caiu do bolso e bateu contra o chão. Quando virei para trás, quase não fui capaz de conter o espanto. Diante de mim se encontrava o sujeito alto apresentado como Lúcio na entrada: não era ninguém menos do que Fábio. Engoli a surpresa e ele se apressou em fazer um sinal para que eu não gritasse, pois essa era com certeza a minha vontade. Com um movimento de pescoço e uma mímica meio desajeitada, sinalizou que depois me explicaria e conversaria comigo. Então Fábio se abaixou, recolheu o meu celular caído no chão, entregou-o em minha mão e sussurrou: "É proibido tirar fotos, como você deve imaginar". Assenti. Ele me tocou outra vez o ombro, como se quisesse me tranquilizar, e vi que na outra mão ele me entregava um tecido amontoado. Ele me apontou onde ficava o banheiro e pediu para que eu fosse lá vestir o uniforme.

Concordei e rumei até a porta indicada, desviando o olhar, pois o casal começara a tirar a roupa ali mesmo, no meio da sala, tratando a nudez com a naturalidade de um recém-nascido. Entrei no banheiro, acendi a luz e fechei a porta, conferindo se havia trancado de fato. O que o Fábio está fazendo aqui?, pensei. Ainda posso ir embora, pensei.

Lavei o rosto e tirei o vestido, o sutiã, a calcinha. Ninguém me falou que eu precisava tirar toda a roupa, mas eu tinha lido o bastante sobre o assunto para entender que o traje sobre o corpo nu aumentava a tensão sexual no ambiente, e a magia se fortificava com essa energia. Eu acreditava nisso? Não, mas eu estudei isso, escrevi sobre isso, *desconstruí* isso, ironizei isso, eu insinuei que muitos dos supostos magos eram charlatões que diziam se envolver com magia apenas para fazer sexo com menininhas deslumbradas, deixei bastante claro na minha dissertação que só era possível compreender o surgimento de certas ordens esotéricas pensando no contexto sócio-histórico de repressão sexual, que as religiões alternativas buscavam uma maneira de enfrentar o puritanismo cristão que predominava na sociedade, que era uma questão geracional, de jovens querendo romper com o paradigma estabelecido. E eu tirei toda a minha roupa e vesti o robe, deixei o tecido entrar em contato com o meu corpo, e senti uma pontada da excitação.

Saí do banheiro e fiquei um tempo com meu vestido, calcinha e sutiã empilhados na mão esquerda, e então me virei e entrei no cômodo no qual eu deveria deixar tudo, e ao acender a luz deparei com uma pessoa alta vestida como eu, o que me fez estancar ali, até a cabeça da pessoa se erguer e eu ver que era o Fábio. Ele fez sinal para que eu fechasse a porta. Larguei minha pilha de roupas ao lado das outras, e perguntei: "O que diabos você está fazendo aqui?".

"Eu deveria fazer a mesma pergunta."

Ficamos em silêncio por um momento. Pressenti que ele estava irritado comigo.

"Você poderia ter me dito hoje. Que você fazia parte disso", falei e, ao dizer isso, notei que também estava irritada.

"Você me garantiu que não viria."

"Pois é, mas mudei de ideia."

Mais um silêncio. Os dois estavam exalando ódio um pelo outro, e ninguém sabia explicar o motivo.

"Eu mandei a placa do carro para você. Como segurança. Nunca imaginei que você estava envolvido nisso."

Ele continuou quieto, e a minha raiva foi aumentando junto com o meu tom de voz.

"Foi você quem plantou o link?", perguntei.

Fábio fez sinal para que eu baixasse a voz.

"Que link?", perguntou, num sussurro, definindo o novo volume aceitável para a conversa.

"O da webcam. O .onion? Foi para me assustar? Uma pegadinha?"

Pude ouvir o ar saindo do nariz dele como se viesse de um grande animal se preparando para atacar.

"Eu insisti para você não vir", ele disse. "Não é seguro para você."

"Se é seguro para você, se você está todo confortável aí de uniforme, por que não seria para mim? Porque sou mulher?"

"Não fala besteira", ele disse, estralando a língua. "A conversa na polícia não deixou claro que as coisas aqui podem ser arriscadas?"

"Sim, tem gente que desapareceu, é arriscado, por isso mandei a placa do carro para você, pensei que ia me ajudar, que ia me proteger."

"Você pode ir embora agora", ele disse, num tom que me soou como desafiador.

Parei, botei as mãos na cintura, respirei, pensei.

"O que você acha que vai acontecer hoje?", ele perguntou.

"Ué, um ritual. Um bando de gente sem ter mais o que fazer desenhando símbolos no chão. É tão ridículo quanto uma festa à fantasia", provoquei.

"Se é isso o que você pensa, o que tá fazendo aqui?"

"Não deixa de ser curioso", respondi, "botam o homem na Lua, sonda em Marte, internet em todo telefone, dois cliques para acessar a maior enciclopédia da história, mas ainda tem gente achando que graças a um conhecimento secreto dá para contatar demônios com umas velas, um espelho e umas palavras mágicas."

"Certo. Então é um interesse acadêmico", ele retrucou, sem esconder um tom desdenhoso.

"Não enche o saco, Fábio."

Ele se levantou de repente e anunciou, antes de abrir a porta do quarto:

"O.k., essa é sua última chance, viu? Se quiser, eu deixo você sair à francesa, sem avisar ninguém. E você volta para casa e esquece essa história toda."

Eu não disse nada.

"Última chance."

Pensei na minha casa, pensei em abrir a porta, cumprimentar o gato, acender a luz, abrir a geladeira, deitar, pensei em mim nessa posição, deitada na cama, pensando como teria sido se eu tivesse ficado naquela casa estranha, o que eu teria visto, e anunciei:

"Às vezes a pessoa tem que ir até o fim para ver no que vai dar."

Ele girou a maçaneta, balbuciou um "você sempre foi teimosa" e saiu rumo à sala. Eu apaguei a luz me juntei aos outros. Foi quando me dei conta de que meu celular ficou dentro do bolso do vestido, provavelmente com o gravador ainda ativado, e não havia como transportá-lo comigo, o traje não tinha nenhuma costura, bolso, botão ou fivela, nada que impedisse o fluxo de energia.

O homem do casal veio em minha direção e começou a explicar como tudo funcionaria. Há quatro magos, ele me disse, reconhecendo que isso não era nada ortodoxo, mas, como o nome do grupo indicava, estavam testando novos meios, enfim... e eles ficarão nos círculos, e além deles há os assistentes, e dessa vez há apenas eu de estrangeira. Assim como os assistentes, vou ficar junto à parede, em segurança, observando, auxiliando a gerar a energia necessária para o ritual que celebrariam naquele dia. E que ritual é esse?, perguntei, me dando conta de que essa era a primeira pergunta que eu deveria ter feito desde o início. Evocação, ele me respondeu, e outra pergunta apareceu em minha mente, mas essa eu não fiz, não perguntei a ele que espécie de criatura queriam trazer para nosso mundo, o que exigiam dela, o que pretendiam oferecer em troca. Em vez disso, fiz uma estúpida pergunta técnica, mencionei que sempre deparei, nos estudos, com apenas um círculo e um triângulo, por que eles tinham vários círculos e vários triângulos? E a resposta dele foi óbvia e previsível: porque estavam experimentando, porque queriam ver o que podia ocorrer quando várias pessoas no mesmo local tentavam contatar o mesmo espírito, que os resultados podiam ser interessantes, que até então tinham tido experiências curiosas, de consequências inesperadas. Quando entramos em contato com outro plano de existência, não fazemos ideia de quem pode estar nos escutando, ele disse. Não fazemos ideia de quem pode aparecer. Mas não é perigoso?, cogitei perguntar, porém não perguntei, porque fui covarde, porque se fizesse essa questão teria admitido que acreditava em parte naquilo, e preferia manter a pose da cética, da descrente cínica, a admitir que tudo estava ficando um pouco sinistro demais para mim.

Não, não era possível, para mim, acreditar em espíritos, demônios, outros planos de existência, não há provas disso, Carl Sagan me ensinou a detectar pseudociência. Eu sei que se o princípio da entropia era verdadeiro — e a matemática por trás indicava que era —, algo externo não podia apenas adentrar nosso mundo. A ciência está do meu lado, a lei da termodinâmica está do meu lado. Mas por que as pessoas continuavam mantendo tradições de séculos atrás, passando ensinamentos de geração em geração em segredo? Porque funcionava de fato, como o homem argumentou? Não. Porque elas querem acreditar, pensei, porque elas querem que exista algo a mais, algo que transcenda o cubículo cinza do escritório. E, concluindo minha análise racional da situação que se armava à minha frente, fiquei mais tranquila. A ciência, assim como a ironia, tem esse poder tranquilizador.

Então, mais calma, deixei que ele me conduzisse até meu canto, e uma pessoa a quem não fui apresentada me entregou um cálice de vinho grande e cheio quase até o topo, uma quantidade violenta de bebida, que comecei a beber como se fosse refrigerante, na esperança de tornar tudo mais tranquilo. Os magos tradicionais, até Éliphas Lévi, sempre disseram que é importante chegar puro ao ritual, abster-se do sexo ou do contato com as mulheres (essas criaturas impuras, pensavam os malditos sexistas), ficar dias sem beber ou fumar ópio. Mas o século XX se desenrolou, e a recuperação das tradições ocultas caminhou junto com o enfrentamento do status quo, dos tabus, e, pós-Crowley, o mundo ocidental foi tomado por seitas esquisitas, da Califórnia à Itália, reunindo o pessoal hippie que muitas vezes usava misticismo barato como desculpa para drogas e amor livre.

Continuei bebendo meu vinho com voracidade, pois em breve precisaria largar o cálice, e pensei: são experimentalistas, querem ver o que acontece, que energias são liberadas adicionando um pouco de caos e imprevisibilidade ao ritual, e me perguntei se não haveria casais trepando ali em frente muito em breve; afinal, a magia sexual era elemento constitutivo de tantos, tantos grupos contemporâneos. E então me senti desconfortável, temi que alguém pudesse vir abusar de mim, me tocar sem minha permissão, e mais uma vez fui tomada por uma sensação de incômodo, de que eu havia me metido em algo que não compreendia, que era uma aventura tola. E continuei bebendo o vinho. De repente, o mundo pareceu um pouco diferente, como se minha visão estivesse mais lenta, como se enxergasse o mundo em menos quadros por segundo, como se houvesse pequenos lapsos nos movimentos.

Com a minha visão periférica, vi uma pessoa — impossível dizer se era homem ou mulher com o traje cobrindo todo o corpo — abrindo uma garrafa de vinho na mesa lateral. Aproximei meu cálice do meu rosto. O líquido bordô tinha uma camada de gordura na superfície, e pensei que, talvez, alguém tivesse colocado algo em minha bebida, pois o uso de alucinógenos era muito comum para provocar o suposto contato com forças ocultas. Não posso ficar paranoica, pensei. Essa gordura no líquido pode ser do meu batom, pensei. É hora de parar de beber, pensei. Larguei o cálice no chão. Preciso ficar sóbria, pensei. Estou preenchendo coisas com minha mente, preciso estar ciente disso o tempo inteiro. Eu sentia que meus músculos dos ombros relaxavam, mas uma leve taquicardia se fazia presente, conseguia sentir as batidas do meu coração na garganta.

É o efeito da paranoia, pensei, o meu vinho provavelmente está limpo, só bebi demais, tomei vinho na Consolação e muitas cervejas na Augusta, nada além disso. Uma memória me invadiu, como tem acontecido recentemente e não sei bem explicar, é como um curto-circuito do cérebro: de repente, uma lembrança interrompe toda nossa linha de pensamento, e essa memória era de mim, aos vinte e poucos anos, sofrendo com uma insônia brutal, pois, sempre que estava quase adormecendo, quase deixando meu corpo se render ao sono, escutava um zunido no quarto, a presença de um mosquito, e aí acendia a luz e me punha a caçar o maldito que não me deixava dormir, mas após algumas horas revirando todos os cantos das paredes aceitava que não havia mosquito nenhum, e tentava adormecer, mas o maldito reaparecia sempre que eu estava quase cedendo, quase permitindo o descanso. Estou na mesma situação, concluí, não posso deixar a paranoia me dominar. Só preciso ceder, relaxar e ver o que acontece.

Uma nova pessoa apareceu. Supus que era o mestre — ou magíster, de acordo com o vocabulário específico — porque seu traje tinha inscrições em dourado nas bordas. Era o único com roupa diferente. Ele chegou silenciosamente à sala, como se pedisse desculpa por atrapalhar aquela reunião, mas todos pareciam prestar reverência a essa figura. E eu supus que era homem, pois fora do meio da bruxaria feminina os grupos ocultistas costumam ser presididos por homens, o que me faz pensar que, por mais metafísica que seja a discussão, no fundo há sempre uma questão cultural. Mas então ouvi a voz do magíster, e não tive mais certeza se era homem ou mulher. A única certeza que tive é que era uma pessoa terrivelmente velha, alguém no fim da vida, que sofria para falar, alguém cujas cordas vocais já estavam gastas por anos de tagarelice, ou talvez, pensei, por gritos, me lembrando dos dias em que eu acordava urrando com tanta intensidade que perdia a voz por algumas horas.

Quando desenvolvi minha paixão pelos filmes de terror, acidentalmente encontrei uma frase de Dreyer sobre a filmagem de *Vampyr*, quando o cineasta descobriu qual é a lógica do terror: há uma cena normal, estamos sentados numa sala igual a qualquer outra. E, subitamente, alguém nos avisa que há um cadáver do outro lado daquela porta. De repente, tudo muda. Vemos as coisas de uma maneira diferente. A luz, a atmosfera, tudo é distinto, embora as coisas continuem no seu lugar e nós sejamos as mesmas pessoas.

Era o que eu experimentava naquele momento. Tudo estava sob controle, eu havia rido e desmistificado a sala com os círculos e os triângulos, conseguido não entrar em pânico com a possível droga na minha bebida. Porém a chegada dessa figura misteriosa coberta por robe escuro alterou o ambiente de forma radical, tornando o clima pesado e solene. A música foi interrompida. As conversas, antes em um volume normal, diminuíram para sussurros tímidos. O magíster circulou pelo local, com seu robe com detalhes dourados, e fiquei paralisada no meu canto, fingindo ser invisível, pensando que, se ficasse bastante imóvel, ele não viria a perguntar quem era aquela estranha.

Como o sino anunciando que a peça de teatro vai começar em cinco minutos, tocou um sino inaudível e telepático, a sala se rearranjou, cada pessoa foi tomando a sua posição. O homem do casal não ia praticar a magia, pelo menos não naquela noite, talvez ele fosse apenas um assistente, apesar de todo o discurso tão seguro de si, mas a mulher sim, ela adentrou um dos círculos, e outras pessoas preencheram os outros espaços. A iluminação fraca e os trajes não me permitiram ver onde o Fábio estava. Ao meu lado, todos os outros foram se encostando contra a parede. Alguns sentavam, outros ficavam de pé. O magíster caminhou até o altar e acendeu duas velas e um incenso. As pessoas nos círculos iniciaram movimentos quase robóticos com os braços, que reconheci dos livros como sendo o ritual de banimento para limpar o local de resíduos mágicos antes de dar início ao novo rito mágico.

Eu preciso rir, pensei, preciso enxergar o ridículo da situação, um monte de supostos adultos fazendo movimentos estúpidos, acreditando no poder desses movimentos descritos por um livro antigo, de uma época obscurantista, que imaginava ser possível tantas coisas hoje desmentidas pela ciência. Preciso pensar que essas pessoas são como fãs de alguma saga de fantasia que se vestem como os personagens para a estreia do filme no cinema. Seriedade é algo tão frágil quanto um castelo de cartas; basta uma gargalhada para derrubar toda a estrutura. Mas desde a chegada da figura do magíster, não consegui romper o clima instalado na sala, não consegui produzir a risada devastadora, embora estivesse disposta a tentar ao máximo.

O magíster começou a falar, com aquela voz sem gênero definida, e logo na primeira palavra fez-se silêncio absoluto na sala. *Uma boa noite a todos.* Que educado, pensei. Será um discurso protocolar como o de um político antes da entrega de um prêmio? *É sempre uma alegria reunir pessoas tão diferentes por uma causa comum*, disse. *Queremos entrar em contato com quem vive no abismo*, disse. *E quem vive no abismo? E se o abismo for vazio?* Vazios podem ser esses discursos, pensei. Céus, como sou alérgica a esse tipo de delírio. *E se o vazio é a ausência de forma? E se quem estamos contatando pode mudar sua aparência como a nossa imaginação? E se o abismo já estiver dentro de todos nós?* Eu não podia ver o rosto dele, mas tinha certeza de que estava sorrindo ao fazer essa última pergunta retórica. E finalizou o discurso inicial com algo que julguei ser hebraico, talvez a frase escrita sobre o altar.

Pediu que fechássemos os olhos. Eu me perguntei se só as pessoas dentro do círculo deveriam seguir as ordens. Virei para o lado e percebi que a mulher do meu lado contra a parede tinha fechado os olhos. Fiz o mesmo.

Inspire, disse o magíster. *Inspire fundo. Segure a inspiração.* Estou numa maldita de uma aula de ioga, pensei. *Agora solte. Esvazie o pulmão.* Fui seguindo as instruções, obediente como uma discípula. Houve um período em minha vida que sofri de insônia devastadora, a época em que escutava o zunido do mosquito invisível. Comecei a frequentar, descrente até os ossos, uma aula semanal de ioga. Os exercícios físicos não pareciam servir para nada, mas, ao final de toda aula, a instrutora, uma ex-hippie com tatuagem de yin e yang no ombro, comandava um exercício de relaxamento. *Sinta os seus ombros relaxarem.*

*Agora os braços. Os antebraços. Os dedos. Cada um deles, come-
çando pelo dedão.* Até aquele momento a condução do magíster
era quase igual às aulas de ioga. Na ioga, o instrutor sugeria que
não caíssemos no sono, apenas atingíssemos e mantivéssemos
um estado perfeito de relaxamento, porém nem todos resistiam,
muitos adormeciam a ponto de roncar, o que criava uma distração que interrompia meu relaxamento. *Mantenha a respiração
no mesmo ritmo. Mesmo que vocês já estejam de olhos fechados,
vou pedir que fechem os olhos novamente, e sempre que eu pedir
isso será como se mais um par de pálpebras se fechasse sobre os
olhos, mais um véu, e vocês se sentirão mais e mais relaxados.* No
início, eu também não dormia. Qualquer coisa podia impedir
meu relaxamento, um vento entrando pelas frestas das minhas
calças, um desconforto na minha posição. Mas, após dois meses
de ioga, o relaxamento era tão intenso que eu, a insone, cheguei a adormecer diversas vezes. *Feche os olhos. Vou começar uma
contagem. Quando chegar a zero, vocês sentirão mais um par de
pálpebras fechando seus olhos. Dez. Nove. Oito. Sintam todos os
músculos se derretendo. Sete. Seis. Cinco. Vocês não sentem mais
o chão ou a parede. Quatro. Três. Dois. Um. Vocês estão totalmente relaxados. Zero. Fechem os olhos.* Não sei por que larguei a
ioga. Acho que fiquei de saco cheio de toda a bobagem de luz
e energia que acompanhava técnicas de fato eficazes de relaxamento. *Você está saindo do seu corpo. Subindo até o teto. Do
teto, você se vira e enxerga seu corpo no chão, perfeitamente em
paz. E então continua subindo.* A voz do magíster agora se dirigia
diretamente a mim, e não ao grupo. Eu estava totalmente relaxa-
da. Talvez a cerveja e o vinho tivessem ajudado na tarefa. Meu
corpo estava mole como se fosse de argila. *Você está no espaço.
Não há som no espaço. Você está completamente a sós. Não há
nada além da minha voz.* Notei que por baixo da voz do magíster
havia um ruído persistente, numa frequência estranha, saindo

das caixas de som. Com algum resíduo de razão, concluí: estou sendo hipnotizada. E não fiz nada para impedir. Não tinha mais corpo, e minha capacidade de raciocínio tinha sido reduzida a algo microscópico. *Você está cada vez mais distante no espaço. Não há mais planetas ou estrelas. Você encontrou um lugar onde só há escuridão sem forma. O vazio. E a minha voz.* Eu tentava pensar algo. *É a melhor sensação do mundo. Não há problemas nem tarefas. Não há dúvidas. Assim, você se abre a tudo. O que acontecer, é por conta do destino. O destino que não leva em conta seu livre-arbítrio. Tudo já está decidido. Não há escolhas, tudo o que você pode fazer é seguir esse caminho. Esta é sua realidade a partir de agora.* E não havia mais nada. *Em breve você escutará um som, e este som aumentará e diminuirá, como uma onda. Você sentirá essa onda percorrer seu corpo. Eu não preciso descrever o som. Você saberá qual é quando ele chegar. Porque você já estava escutando ele desde o início.* De repente, o volume do ruído subliminar aumentou e meu corpo inteiro se contorceu, como se tivesse recebido uma descarga elétrica. *Isso. E a cada vez que você escutar o som, a onda será mais forte.* O magíster aumentou o volume, dessa vez deixando audível por mais tempo antes de diminuir. Um espasmo tomou meu corpo. As ondas sonoras continuavam oscilando, cada vez mais prolongadas. *Seu corpo segue o movimento do som.* Meu corpo seguia o movimento do som. *As ondas estouram na areia, tornando-se prazer.* Senti uma maré de deleite percorrer meu corpo, passando por todas as partes que fui comandada a relaxar. *O prazer é mais e mais intenso.* A origem da onda, o pulso inicial, agora eu sentia, vinha da minha virilha. *Não existe mais o espaço. Não existe mais a minha voz. Existe apenas o prazer.* O magíster ficou em silêncio e as ondas foram se tornando mais frequentes e o volume cada vez mais alto. Sentia como se meu corpo estivesse sendo chicoteado por dentro. O prazer se tornou tão intenso que despertei do transe com um solavanco, com as duas mãos cobrindo meu sexo, notando que tinha chegado a molhar intensamente o robe escuro, deixando uma marca circular na região da virilha.

Ao abrir os olhos nesse solavanco, me dei conta de que os magos estavam todos ajoelhados repetindo frases em latim que eu não compreendia, e que talvez estivessem assim havia muito tempo. Outras pessoas do meu lado pareciam também estar acordando, a mulher ao meu lado parecia já ter recobrado a plena consciência, e embora não estivesse surpresa com a conjuração das pessoas nos círculos, exibia uma expressão selvagem, um sorriso maníaco. Uma mulher e um homem acordaram tão sexualmente estimulados quanto eu, e a mulher montou em cima do homem, que se recostou contra o chão e, com um gesto brusco, ela levantou a parte de baixo da veste e passou a cavalgar o homem com rapidez, mas em silêncio, sem que nenhum dos dois emitisse um gemido sequer. O magíster tinha se ajoelhado e agora também repetia aquelas palavras demoníacas, no mesmo tom monocórdio. Sua voz era baixa e quase imperceptível, mesclando-se às outras vozes, quase num mantra. Atrás dele, no altar, a fumaça do incenso bruxuleava diante do espelho, dançando com um sopro de vento que simplesmente não estava lá.

O mantra do líder foi ganhando volume, e novas vozes passaram a acompanhá-lo. As vozes foram se modulando até todas atingirem o mesmo tom lânguido. Em sincronia, as vozes de acompanhamento cessaram após repetirem três vezes o mantra, e somente a voz do magíster continuou ressoando, em uma dicção mais febril a cada repetição. O único ruído fora esse era o do corpo da mulher se esfregando contra o homem deitado, um ruído seco, do contato áspero das peles, e molhado. A fumaça do incenso ainda dançava em frente ao espelho.

E, então, um movimento. Tive certeza de sentir um movimento. Como ratos caminhando atrás das paredes, nas frestas entre um cômodo e outro. Como um cão vagando pelo andar de cima. Olhava ao redor. Todos permaneciam na mesma posição, os lábios do magíster se mexiam de forma quase imperceptível, repetindo sem parar as frases cujo sentido me escapava. Algo com certeza se movia. Mas onde? Girei a cabeça de um lado para o outro, esperando alguém ou *algo* aparecer. Pensei: se eu fizer um movimento brusco agora, se eu me levantar, vou interromper tudo, meu movimento pausará o ritual. Porém continuei prostrada no meu lugar, na mesma postura. Antes de entrar no transe, eu me encontrava sentada com as costas eretas, mas agora estava esparramada, a cabeça apoiada de forma desconfortável contra a parede branca, as pernas retorcidas como galhos quebrados.

De súbito, todos os magos nos círculos fecharam a boca e o silêncio se instaurou no local de forma tão avassaladora que eu escutava meu coração, ele batia com tanta violência que eu suspeitava que outros eram capazes de ouvi-lo. Algo ia acontecer, isso era óbvio. As coisas não podiam permanecer assim. Era como assistir a um vidro prestes a se estilhaçar. Algo se movia na sala, embora todos estivessem imóveis. Fixei meus olhos nos triângulos desenhados no chão, na fumaça do incenso bailando. E então tive a impressão de ver algo. Mas o quê? Seria apenas isso, uma impressão, como a que eu tinha de que algo se movia na sala?

Eu não acreditava naquilo. Precisava me lembrar disso. Precisava me lembrar que a realidade não comporta o sobrenatural. Mas, ali naquela sala, sob a luz distinta de que Dreyer falava, com a sensação — ou a *certeza* — de que havia um cadáver logo ao lado, a realidade parecia ter uma rachadura semelhante a uma teia de aranha, prestes a se estilhaçar em inúmeros pedaços.

Uma rajada de vento soprou a fumaça do incenso até os triângulos e lá a fumaça adquiriu uma forma que era, ao mesmo tempo, familiar e irreconhecível. Estava certa disso.

Durou apenas um instante, mas eu testemunhei esse instante. Havia uma sombra ali, sobre os triângulos, e ninguém parece ter notado, todos estavam presos na letargia. Sei, conscientemente, que não passou de uma fração de segundo, mas para mim esse mínimo momento ficou paralisado no tempo, a fumaça assumindo a forma de um rosto desfigurado me encarando, em dor, com olhos sem pálpebras, escuros e profundos.

Sem o menor controle sobre o que estava fazendo, minha boca se escancarou e um grito horrendo saiu da minha garganta. A paz da sala se dissolveu, e todos aqueles rostos ocultos pelos capuzes se viraram em minha direção. Eu sabia que precisava me controlar, mas não conseguia parar de gritar, e apertava o chão com força, como se me segurasse para não cair num abismo. A mulher ao meu lado botou a mão sobre o meu ombro, e quando girei meu corpo para a direita, na sua direção, ainda urrando em pânico, vi seu rosto branco e, por trás de seu corpo, uma sombra assomando, encobrindo-a. Minha voz falhava, minhas unhas riscavam o chão. Comecei a me afastar, procurando um espaço para onde ir, apavorada com o risco de ficar aprisionada no canto formado pelas duas paredes, e pensei que a qualquer momento alguém estalaria os dedos e tudo voltaria ao normal. No peito da mulher ao meu lado balançava um colar com uma joia prateada que reconheci no instante. Ela estava protegida. Todos ali vestiam uma forma de proteção, um símbolo que não deixava a criatura evocada dominar. Mas eu, eu não tinha nada, nada além do meu corpo, aquele robe estúpido, e o meu cérebro tão racional. Isso não fora esquecimento. Tinha sido de propósito. Alguém optou por não me proteger. Talvez todos eles, todos que me olhavam como se eu fosse um rato de laboratório. Escutei o barulho de uma de minhas unhas quebrar contra o chão.

Um grupo se formou ao meu redor. Vozes pediam para que eu me acalmasse, que estava tudo bem. Alguém, à distância, perguntava quem era essa pessoa que estava gritando, questionava por que ainda insistiam em convidar alguém de fora do grupo. Parei de gritar, e a voz agora me falhava como a de uma criança asmática, e eu tentava comunicar algo muito simples: todos estavam protegidos, os magos nos seus círculos impenetráveis, e os outros que se aproximavam de mim tinham um pentagrama balançando no colar, menos eu. Mas ao abrir a boca, não saía nada além de golfadas de ar. Uma pessoa apareceu com um copo de água e me ajudou a me levantar. Tomei um gole do líquido, que desceu queimando como se fosse veneno. Fui conduzida ao banheiro por uma pessoa que eu não conseguia ver, mas imaginava ser o Fábio. Ele me colocou ali dentro, entre os pequenos azulejos laranja dos banheiros das casas antigas, entre as toalhas úmidas, os sabonetes e produtos de higiene que me eram alienígenas, acendeu a luz e fechou a porta para que eu ficasse sozinha.

Enfim a sós, tive a impressão de que um chiado pernicioso no meu ouvido ia diminuindo aos poucos, como se a minha gritaria fosse como uma granada que explodira próxima às minhas orelhas. Olhei meu rosto no espelho. A sensação de torpor era tanta que parecia que eu tinha tomado uma marretada na cabeça, embora meu rosto não aparentasse nada além de uma palidez incomum, com olheiras pronunciadas. Abri a torneira e deixei a água escorrer por um tempo pelo ralo, olhando hipnotizada o movimento em redemoinho. Colhi um pouco da água fria com as mãos e joguei contra meu rosto.

Tentei refletir sobre o que tinha acontecido, mas não conseguia enxergar nada em minha mente, como se o trauma tivesse sido tão grande que eu havia bloqueado a imagem do que julguei ter visto. Será possível que entrei em contato com algo ou alguém de outro plano?, pensei por um instante, livre de qualquer amarra intelectual e científica. A água continuava jorrando da torneira, e enquanto eu olhava o líquido transparente, me lembrei da noite, a noite na qual evito pensar, a noite em que fiquei em casa ouvindo um disco de que gostava muito, e do dia seguinte, da manhã seguinte, em que fui acordada por um telefonema avisando que meu irmão tinha morrido, fora atingido por um carro dez horas antes, a noite em que eu escutava o tal disco. Enquanto eu estava em casa, segura, os sons fúnebres saindo das caixas de som, espalhando-se pela sala de estar, em alguma rua movimentada de Jerusalém, do outro lado do oceano, uma alma deixava um corpo. Nunca mais consegui ouvir aquele maldito disco. Mais uma vez me senti angustiada e tive a impressão de conseguir rever, em minha mente, a figura da sombra no ritual. Juntei as mãos, colhi mais água e joguei contra meu rosto com toda a força. Uma, duas vezes. Esfreguei os olhos.

Por um momento, minha mente se esvaziou, tudo o que havia era água escorrendo pelo meu rosto, pingos deslizando pelo meu queixo, por um momento o mundo era só isso, e pensando em retrospecto, pensando naquela noite, pensando em tudo o que aconteceu, acho que foi naquele momento, naquele interlúdio de desatenção, que uma sombra chegou por trás de mim, e eu não a percebi no espelho, mas ali ela permaneceu, como um parasita que encontra um novo hospedeiro.

Mas isso é pensar em retrospecto, isso é rever, relembrar, tentar dar consistência à memória, tentar encontrar bases sólidas para algo que é escorregadio e impossível de fixar. Naquele momento, não havia nada além da minha presença física, o ruído evanescendo, a luz iluminando meu rosto.

Quando abri a porta do banheiro, estava sem equilíbrio e me movia lutando contra uma tontura intensa. Os rostos do lado de fora me encaravam de forma inquisidora, querendo saber o que vi, o que fiz, por que gritei, o que tinha acontecido, e eu não me senti apta a responder; tudo o que falei, num sussurro direcionado a ninguém, era que precisava ir para casa. No meio daquele grupo de encapuzados, Fábio se sobressaiu, me levou ao quarto onde deixara minha roupa, falou para eu me trocar e anunciou que chamaria um táxi.

Ele fechou a porta para que eu me sentisse à vontade. Com as mãos tremendo, localizei meu celular na bolsa. Comecei a redigir uma mensagem para a delegada. Sentia que tudo que eu digitava estava cheio de erros por causa das mãos trêmulas. Escrevi que tinha ido a um ritual do grupo. Mandei o localizador de onde eu estava. Mandei a placa do carro. Foi quando me lembrei do gravador. Pausei a gravação. Tinha ficado imenso o arquivo, mas coloquei para enviar para a delegada.

Vi a cama de casal onde todas as roupas tinham sido deixadas e me joguei sobre o colchão com os braços abertos. Seria capaz de dormir ali, naquele instante, pensei, meu corpo pesando vinte toneladas. Fechei os olhos e me senti afundando contra o chão até não haver mais chão, até existir apenas o vazio por onde eu flutuava. Poderia ficar aqui para sempre. Poderia dormir a qualquer instante. E talvez tenha adormecido por uns minutos, pois escutei batidas na porta, como um despertador muito insistente.

Ao me levantar, localizei minha roupa empilhada num canto da cama, tirei o robe e voltei ao meu traje original em segundos. Eis que vi a luz do celular piscando, indicando que eu tinha recebido mensagens. Era a delegada Carla. Na primeira mensagem, repetia o discurso que o ideal era deixar para a polícia investigar. Na segunda mensagem, disse que tinha recebido muitas informações úteis já e que o grupo em questão atuava fora da cidade de São Paulo, o que me soou estranhíssimo. Na terceira mensagem, ela falou que uma pessoa vinha colaborando com a polícia fazia uma semana. Na quarta mensagem, me perguntou se eu conhecia a pessoa, um especialista em religião comparada formado pela mesma universidade que eu, um pesquisador que explicara o significado dos triângulos e redirecionara a investigação da polícia. Na quinta mensagem, disse que o nome dele era Fábio.

As batidas na porta continuaram. Escondi o celular no bolso. A porta se abriu de repente, e Fábio estava parado na soleira, contando que o táxi já estava a caminho e perguntando se eu tinha me recuperado.

Tentei falar algo, mas senti que sairiam apenas gritos e ganidos.

"Eu não estava protegida", fui capaz de balbuciar.

Fábio se aproximou de mim em passos acanhados para uma pessoa tão grande. Eu me afastei para trás e bati a perna contra a cama.

"Você sabia de tudo", falei, e lágrimas de raiva escorreram do meu rosto.

"O magíster gostaria de conversar com você antes que você vá embora", ele falou, determinado e insensível à minha reação.

"Eu não acredito em nada disso", murmurei, mas as palavras eram vazias.

"O magíster só quer entender o que aconteceu."

"Eu era a única desprotegida", repeti. "É isso? Vocês convidam sempre alguém de fora? Uma pessoa virgem no ritual e deixam ela desprotegida?"

Pude escutar uma voz anunciando do lado de fora que o táxi tinha chegado. Fábio se virou irritado, como se aquela informação não devesse ter sido divulgada. Era a minha oportunidade de fuga. Peguei a bolsa, avancei rumo à porta, dei um pequeno empurrão no Fábio, passei por ele, passei por todos, os rostos me olhando, me analisando, querendo saber o que eu tinha experimentado, e caminhei com passos seguros. Ninguém tentou me impedir.

Abri eu mesma a porta de saída, sem olhar para trás, senti a pureza do ar noturno, o cheiro de grama úmida, uma leve garoa que só podia ser vista à luz dos postes, e enxerguei o táxi branco ali parado no meio da rua, o motorista de rosto cinzento, a fumaça do escapamento do carro criando desenhos na noite.

Sentei no banco de couro do táxi e murmurei com o fiapo de voz que me restava o endereço do meu apartamento enquanto meu cérebro gritava perguntas sem respostas. O motorista digitou o nome da minha rua no aparelho de GPS, que prontamente desenhou um trajeto com linhas amarelas pelo mapa da cidade. Aquele momento banal de uso de tecnologia no cotidiano, apertar botões, satélites informarem o trânsito de cada rua, traçarem um caminho personalizado em segundos para um motorista que não tem a menor aptidão para ciências, numa comunicação constante entre nosso planeta e algo que orbita ao redor dele, tudo isso me jogou de volta à realidade. Coloquei as mãos na cabeça e suspirei.

Por que eu tinha gritado?, eu me perguntei. Tinha visto algo? Sim. Mas como saber se não foi apenas uma projeção, meu cérebro me enganando, me fazendo ver o que não está lá? De um momento para o outro, era como se o terror tivesse se tornado insuportável e gritar fosse a única forma de expressar isso. Mas agora eu estava ali, segura, na cidade, como quem sai da sala de cinema após ver um filme de terror.

"Tudo bem?", o taxista me perguntou, fitando meus olhos pelo retrovisor.

Respondi num sussurro que sim. O carro começava a percorrer uma região mais reconhecível da cidade. Motos e outros carros passavam por nós. Estávamos retornando à civilização.

Estávamos entrando na avenida do Estado, a feia e desumana avenida do Estado, com aquela serpente amarela encardida de fuligem no alto. Eu quase me sentia em casa. O celular no bolso estava pressionado contra meu corpo. Puxei-o em minha direção. O envio do áudio à delegada tinha falhado. Não importava mais. Coloquei a gravação para tocar e colei o celular contra o ouvido. Escutava, muito distante, ruídos de conversa. Estava muito baixo, eu precisaria aumentar o áudio de alguma forma.

Luzes dos postes iluminavam o interior do táxi num movimento ritmado. Por algum motivo, lembrei de uma cena de *Além da Imaginação*, na qual o passageiro pergunta ao motorista se quer ver algo muito assustador. O passageiro está no escuro, e quando a luz volta a iluminá-lo, está transformado em um monstro.

Pensei que na manhã seguinte eu deveria telefonar para a delegacia, denunciar Fábio e relatar a minha experiência. Mas que experiência? Eu vi algo, mas não, eu não tinha visto nada, pois não tinha sido uma experiência compartilhável. Só eu vi. Eu, uma testemunha não confiável. Podia descrever as pessoas, o ritual, a organização da casa, e isso seria tão interessante para um policial quanto um desenho infantil.

Pensando de forma objetiva, ninguém estava fazendo nada de ilegal, a diversidade religiosa está protegida por lei. Poderia dizer o que eu senti, porém isso só me faria ser vista como louca. A angústia nunca é compartilhável. Poderia mostrar as provas, diálogos absolutamente irrelevantes, talvez alguma música. Poderia apontar o local onde o grupo se reúne, mas eu não tinha registrado o endereço. E mesmo se a polícia fosse até lá, o que encontraria? Livros? Um quadro expressionista?

Eu tinha fracassado no papel de detetive amadora. Não era à toa que eu tinha me resignado a um emprego que detestava; não tinha habilidade para nada mais exigente do que isso. A minha geração vai se arrebentar por completo, pensei. Mentiram para nós que estudar história, literatura, cinema, política, música, as chamadas *humanidades*, serviria para algo, mas não serve para nada, somos todos Wikipédias sem função na sociedade, parasitas citando Godard e Joyce como se isso fosse nos salvar.

Quando me dei conta, estava na frente do portão de meu prédio. Paguei o taxista, saí, apertei o botão do interfone e aguardei. O porteiro não estava lá para abrir, ou tinha dormido — era impossível enxergar através do vidro fumê da guarita. Busquei em minha bolsa a chave de casa, e enquanto revirava o fundo da bolsa olhei para o alto e vi, pela janela do meu apartamento, que a luz estava acesa, embora eu não lembrasse de ter deixado a luz acesa e a minha colega de apartamento não fosse dormir lá.

Escutei o barulho de choque elétrico que abre a porta. O porteiro tinha voltado do banheiro, ou talvez acordado, sem eu perceber. Caminhei apressada até o elevador, peguei a chave da bolsa e deixei-a na posição horizontal, na frente do meu corpo, como se fosse só eu colidir contra a porta que seria capaz de abri-la. Entrei em casa, percorri a sala com o olhar, em busca de algo fora do comum, mas tudo estava exatamente do jeito que eu tinha deixado. Um miado de alegria do gato me recebeu. Ele logo se aproximou de minhas pernas e começou a se esfregar, como se pudesse fazer carinho em si mesmo.

Acariciei o bichano, que logo se cansou e voltou para o lugar onde dormia: em cima do meu laptop, que eu tinha deixado na mesa de jantar. Larguei a bolsa, tirei o gato da cama improvisada e abri o computador. Pensei que precisava investigar o que era exatamente o símbolo de proteção que as pessoas portavam. Ou a palavra em hebraico grafada no chão. Peguei o celular para abrir a foto que eu tinha tirado, quando tive a ideia de analisar a gravação sonora do ritual.

Encaixei o celular no USB, passei o arquivo de áudio para o computador. O gato, em um pulo, subiu e se aninhou no meu colo. O meu celular apitou, assustando o felino. Era a Cláudia, me lembrando do convite da festa com um desesperado "MEU KD VC" e outra mensagem seguida dizendo "A FESTA SÓ COMEÇA QND VC CHEGAR PLMDDS VEM LOGO". Não respondi nada. O gato ronronou. Estava frio dentro de casa.

Dei o comando para escutar a gravação e ouvi com nitidez a conversa que tive no apartamento na Consolação. Refleti se algo daquele material era útil, mas me decepcionei. Não havia prova de nada relevante para a polícia, nem sequer alguma pista sobre o que pode ter acontecido depois comigo, naquela sala. Continuei ouvindo e escutei o barulho do carro na garagem, a música que tocara no trajeto até a casa distante. Na parte do ritual, o celular estava distante demais para gravar, e só prestando muita atenção conseguia ouvir a voz do magíster em um volume mínimo.

Carreguei o arquivo de áudio no programa de edição de vídeo que usava no trabalho. Amplifiquei o volume o máximo que pude. Dei play. Uma maçaroca de ruídos, pois ao aumentar o volume para ouvir a voz no ritual acabei amplificando todos os barulhos irrelevantes, madeira rangendo, uma tosse, um ventilador de teto. Analisei a onda espectrográfica. Dei play outra vez e fiquei separando frequências, usando uma técnica comum para tirar ruído de ar-condicionado de entrevistas e deixar apenas a voz. Fui isolando os sons, filtrando os agudos, ressaltando os médios, até conseguir ouvir com alguma clareza mínima o discurso hipnótico do magíster. Ainda não estava bom o suficiente. Dei pause.

Tirei o gato do colo e fui até meu quarto buscar uns fones imensos que bloqueavam totalmente o ruído. Ao abrir a porta do quarto, tive a impressão ruim de que alguém havia estado ali. Vi o armário com suas portas fechadas. Vi minha cama.

Caminhei até a porta do armário e abri lentamente. Puxei para o lado os vestidos nos cabides, para ver se algo se escondia ali. Nada. Olhei para trás, para a cama. Ajoelhei no chão e, com certo temor, conferi se havia algo debaixo da cama. Estava escuro demais, e a luz do teto projetava uma sombra perturbadora debaixo da cama. Busquei meu celular, liguei a lanterna dele, me ajoelhei outra vez e apontei o feixe de luz na região embaixo da cama. Nada. Estou ficando louca.

Voltei para a sala e encaixei os fones no laptop. Agora conseguia distinguir algumas palavras do magíster. A frase em hebraico: *Tohu wa-bohu*. Continuei mexendo com as frequências, mas em vez de melhorar a qualidade do som, piorei. A voz já era irreconhecível e tinha ganhado contornos estranhos, monstruosos até. Insisti nos ajustes, com a intuição de que estava perto de uma descoberta importante, mas fui interrompida por um grito tão intenso, que soou tão alto nos fones a ponto de ferir meus ouvidos. Tive a impressão de que ficaria surda. Saltei da cadeira e tirei os fones da cabeça, enquanto o grito persistia. Arranquei os fones do laptop e o som do grito — o *meu* grito, por fim percebi — reverberava pela casa toda.

O gato apareceu na sala e começou a miar desesperadamente, como se o apartamento tivesse sido invadido por milhares de insetos. Senti uma ardência no peito, logo abaixo do pescoço, onde — então me dei conta — deveria estar o pendente que me protegeria, o pendente que ninguém me ofereceu. O grito chegou ao fim de forma abrupta. Escutava-se pela sala o barulho da comoção dos que estavam presentes no ritual, vozes preocupadas. Os ajustes de áudio ainda estavam desregulados, e as vozes tinham uma sonoridade irreal, pareciam um exército de criaturas totalmente estranhas ao nosso universo. Bati a tampa do laptop, cortando o som. A quietude da casa pareceu diferente, como se a sala emitisse um silêncio distinto depois de ser exposta ao grito. O gato aparentava ter sofrido um choque elétrico: com os pelos eriçados, encarava o computador fechado mostrando os dentes. Enquanto minha respiração voltava ao normal, meu celular tocou outra vez, perturbando novamente um silêncio que já era precário.

"Sério, não acredito que você não vai vir na minha festa", dizia a mensagem.

É mais fácil justificar minha ida ao ritual do que minha ida a essa festa. A casa tinha se convertido num lugar horrível e opressor, e nada tirava a sensação de que havia alguém ou algo rondando as sombras da minha casa, além do gato, que não se recuperara do susto e passara a se comportar de maneira estranha, emitindo o miado típico de quando depara com outro animal. Acendi todas as luzes do apartamento, mas mesmo a claridade absoluta e artificial gerou sombras e pontos escuros.

Era tarde, muito tarde, porém concluí que nem com muito remédio seria capaz de dormir um segundo. Precisava sair de casa e ocupar minha cabeça com outra coisa, qualquer outra coisa, portanto desci sem trocar de roupa nem ir ao banheiro e chamei o táxi lá de baixo, pois cada segundo que eu passava dentro do apartamento só aumentava minha ansiedade.

O táxi chegou em dois instantes, e ao entrar percebi que era exatamente o mesmo motorista que tinha me buscado após o ritual. Dei o endereço e, numa tentativa de puxar assuntos frívolos, comentei a coincidência, realmente incomum para uma cidade do porte de São Paulo.

O taxista sorriu, de forma amável e tranquilizadora.

"De onde você é?", ele perguntou. "Fiquei curioso com o sotaque."

"Do Sul", respondi, com um tom baixo que indicava que não estava a fim de conversa. "Curitiba", complementei.

"Veio passear?"

"Não, eu moro aqui já faz um tempo."

"A trabalho, é?"

"Isso."

"Difícil achar trabalho no Sul?"

"Na minha área, sim."

"E qual é sua área?"

Pensei um pouco antes de responder.

"Eu trabalho com vídeos. Propaganda", falei, com um tom de nojo na minha voz que não conseguia disfarçar ao comentar sobre meu trabalho.

"Que legal, que legal", ele comentou, e parecia realmente achar um emprego interessante, sem a ironia que eu mostrava. "Eu também vim a São Paulo por trabalho", ele continuou.

"Ah, é? E de onde você é?"

"Sou baiano. Coisa que menos tem em São Paulo é paulistano, é ou não é?"

"De Salvador?", perguntei, e me dei conta de que não sabia o nome de muitas outras cidades na Bahia.

"Não. Você não vai conhecer. Interior. Cachoeira."

Ficamos em silêncio e escutei a canção ensolarada que saía das caixas de som. A música terminou e outra começou, dessa vez cantada numa língua absolutamente estranha para mim.

"O que é isso que tá tocando?", perguntei, agora com verdadeira curiosidade.

"Ah, então, isso é lá da minha terra", ele respondeu, aumentando dois pontos o volume. Olhou pelo retrovisor e perguntou se a música estava incomodando.

"Não, de jeito nenhum."

"Tem gente que não gosta, acha coisa de macumbeiro."

Reconheci no mesmo instante que cantavam em iorubá. Sobre o que falavam, eu não sabia, mas supus ser música de candomblé. O táxi tinha parado num trânsito repentino que surgiu, essas aglomerações de carros que aparecem e desaparecem nas avenidas, sem maiores explicações.

"Você é do candomblé? Ou umbanda...?", perguntei, me arrependendo no mesmo momento.

A noite tinha sido tão estranha, e agora havia essa coincidência de encontrar duas vezes o mesmo motorista, e a última coisa que eu precisava era voltar a pensar em religião.

O taxista mexeu no celular e demorou a responder, provavelmente ponderando se era seguro falar disso com uma cliente, enquanto eu pensava no clichê ambulante que eu era, a menina ateia de classe média que tinha vindo do Sul para trabalhar em agência publicitária, batendo papo em tom amistoso com o nordestino que tinha vindo a São Paulo trabalhar num emprego exaustivo, a menina resmungona que lamenta seu cotidiano mais do que o homem de meia-idade que passava a noite toda carregando bêbados no banco de trás de um lado para o outro da cidade.

"Eu era", o taxista me respondeu, sem especificar qual era sua crença em específico. "Fui muito em terreiro, por causa da minha mãe, que acreditava nisso tudo. Ela incorporava espírito, tinha facilidade, era aberta a isso, mas depois ficava destruída, massacrada mesmo, mal conseguia trabalhar na segunda-feira."

"Mas você não acredita?", insisti.

"Não sei mais. Acredito em Deus."

"Mas aí você deixou de ir em terreiro e tal?", perguntei, notando que a conversa tinha se tornado desconfortável para o taxista.

"Parei, sim. Lá eu vi cada coisa que é até meio difícil de explicar. Uma vez, um homem com espírito no corpo, espírito de uma criança de uns nove, dez anos, falou que minha mãe ia morrer de câncer e não deu outra. Dois anos depois, no rim."

"Poxa, sinto muito."

A voz do motorista estava embargada, como se ainda fosse uma lembrança difícil de assimilar.

"E tem uma mulher…"

Eu me inclinei para a frente. Estava sentada no meio do banco de trás e me aproximei do motorista, como se ele fosse me sussurrar um segredo.

"Uma vez uma mulher foi lá no terreiro buscar ajuda", ele continuou. "O problema dela era o seguinte: não sabia diferenciar quem tava vivo de quem tava morto. Ela via muita gente na rua, às vezes ia falar com alguém, pedir informação no ponto de ônibus, e a pessoa que respondia estava morta. Deu muito problema na vida da coitada, você pode imaginar. Não durava nem uma semana num emprego. Era doméstica, mas não tinha patrão que aceitava uma mulher que de repente falava com uma criança que não era o filho deles, né?"

Um arrepio percorreu meu corpo. Olhei pela janela e notei que estávamos nos aproximando do destino final.

Meu celular apitou, uma mensagem de Fábio. "Onde você está?", perguntava. Fiquei olhando para a tela e não respondi nada.

Retomei a conversa com o taxista: "Desculpa, mas você estava contando da mulher que via os mortos… E o celular aqui atrapalhou".

"Ah, não tem muito mais o que contar da história."

"Conseguiram ajudar a mulher?"

"Sim. Era um espírito que tava dentro da coitada. Assim que tiraram de dentro dela, a mulher tentou se matar. Arrancou um prego da parede e cravou no pescoço. Tiveram que levar no hospital. A pobrezinha ficou desolada quando saiu aquela pessoa que tava dentro dela todo esse tempo. Mas sobreviveu. E acho que ficou bem. Nem lembro mais o nome dela, veja só como é a memória."

"Que coisa...", foi tudo o que consegui comentar.

"É. Tem umas coisas que não tem o que dizer, né? Como se explica um troço desses?"

"Alguma doença mental, talvez...", murmurei, sem querer de fato dizer isso, pois sabia que ao falar tal coisa estaria insinuando que não compartilhava das crenças dele.

"Cê acha mesmo isso? Sei não. Tem umas coisas que estão além da gente."

"O que teria acontecido se ela tivesse ido a um psiquiatra em vez de um terreiro? Iam estudar o caso dela, dar um diagnóstico e..."

"E aí sabe o que ia acontecer?", interrompeu o taxista, soando um pouco irritado. "Iam botar no hospício, iam encher de remédio, ela ia ficar dopada e triste até ficar velhinha. Ia ser, desculpa a palavra, moça, uma vida de merda."

"Pensa só", falei, em ritmo pausado, tentando organizar minhas ideias. "Só levaram essa mulher ao terreiro porque ela estava no Brasil. Se ela visse gente morta, sei lá, na Suécia, na Noruega, na Alemanha, em lugares onde a religião não tem mais força, nem cogitariam levar a um centro de umbanda. Ela ia direto para o hospital psiquiátrico. É uma questão cultural, você entende?"

O homem balançou a cabeça, discordando com uma expressão de desgosto. Eu insisti: "Os mortos estavam dentro da cabeça dela!", e vi que estava mais envolvida naquela história do que deveria. "Muito legal que ela se curou, mas é tudo mentirinha. Não dá para viver nesse mundo de ilusão. Uma hora a gente cresce e para de acreditar nisso."

O motorista me olhou pelo retrovisor com os músculos do rosto rijos, como se estivesse controlando uma raiva que podia estourar a qualquer momento. Ele não disse mais nada, mas entendi o recado: quem era eu para determinar o que é um mundo infantil? Quem era eu para dizer o que é crescer, viver sem ilusões, a um homem que veio a São Paulo dirigir um táxi porque isso era melhor do que sua vida no interior da Bahia?

Imaginei o homem num terreiro baiano, o ruído ritualístico dos atabaques soando, homens e mulheres vestindo branco, transtornados pela experiência, entornando cachaça, invocando e evocando espíritos. Um mundo à parte, distante dos seus empregos e rotinas diárias. Um mundo onde ele poderia conversar com amigos e familiares que morreram. Não seria incrível acreditar nisso? Não seria incrível *poder* acreditar nisso?

Toda religião é código estético, pensei outra vez. Aquilo no que o homem e centenas de milhares de brasileiros acreditam não era muito diferente das crenças que estudei na academia, só que eu me interessava mais por rituais realizados na Inglaterra e na França, que dialogavam com filmes italianos, com poetas herméticos. Fui seduzida por um código estético que julguei sofisticado, não conseguia me imaginar estudando candomblé e umbanda porque não conseguia imaginar uma menininha de classe média, que sempre teve tudo na vida, no meio de um terreiro em um bairro pobre, uma intrusa em uma cultura que lhe é totalmente alheia.

Tudo é cultural, pensei, esse é o slogan dos estudos de humanas, tudo é cultural, tudo é político, e repeti isso mentalmente como um mantra, deixando que o pensamento me acalmasse, mas a tranquilidade parecia uma lembrança distante do passado. A imagem do vulto que enxerguei no ritual voltou em minha mente como um choque vindo do banco de trás do carro. Saí do meio do banco e me recostei contra a janela, contemplando a

São Paulo fantasmagórica, as ruas vazias e inóspitas, a ausência de seres humanos tão pronunciada que eu até esquecia que, poucas horas antes, caminhar por ali significaria esbarrar numa massa de desconhecidos exaustos da semana de trabalho, os quais, como bons fantasmas, tudo o que querem é voltar para casa.

Sempre detestei ler um livro que só narrava em detalhes a própria vida de quem o escreveu, ou assistir a um filme cuja sinopse já anunciava tratar-se de uma obra autobiográfica. Parece estúpido, mas nunca deixei de dividir os artistas em duas categorias: os da memória e os da imaginação. Os primeiros dependem das suas experiências de vida e, nos dias de hoje, há cada vez mais exemplos destes, apesar de a minha geração não ter experiência concreta de vida alguma. O segundo tipo, os artistas de imaginação, nem sempre são os mais articulados, mas são aqueles capazes de imaginar a vida em Marte, o drama de descobrir que você é um robô ao realizar uma tomografia no hospital. A tecnologia deveria liberar nossa imaginação, mas em vez de sonharmos mais alto, voltamos para os detalhes da sujeira sob a unha do nosso dedão.

Recentemente, todavia, passei a valorizar mais e mais a memória. Não sei o que foi que disparou isso: o tempo longe do Sul, do que eu costumava chamar de "casa", ou um número maior de períodos de solidão, bebendo sozinha e anônima em algum canto da cidade. Seja lá qual for a causa, o resultado é o seguinte: uma memória me invade, algo completamente esquecido é lembrado com uma clareza de detalhes estarrecedora. A garota na aula de filosofia da ciência. Os mosquitos invisíveis. Uma colega de escola que, durante uma corrida, foi atingida por um abacate caído do céu e desmaiou no mesmo instante. Uma outra menina, a única ruiva do colégio, que teve uma convulsão no meio de uma aula de história, caindo pra trás, sobre a minha mesa, espumando pela boca, com os olhos travados no teto. A primeira vez que mudei de casa, com meus pais, e a sensação de que um leão tinha escapado do zoológico e podia chegar até nossa sala subindo pela janela. Andar em círculos nos meus patins.

Eu sempre descartei os artistas "da vida" porque pensava que memórias eram coisas corriqueiras, nunca considerei que elas se escondiam e eram reveladas apenas a partir de fenômenos incompreensíveis dentro do cérebro. Nunca tinha percebido que eu era uma pessoa esquecida, até ser invadida por todas essas lembranças. Se a vida parecia leve nos primeiros anos que morei em São Paulo é porque todas as memórias tinham sido enterradas, e os novos acontecimentos eram registrados com uma tinta fraca, facilmente apagável.

Não apenas memórias antigas, presas em alguma dúzia de neurônios abandonados, tinham voltado a me atormentar no último ano, mas também lembranças recentes, como a que tive no momento em que o táxi me deixou na porta da festa no Centro da cidade, quando avistei ali pessoas conhecidas na entrada, além de amigos fumando na varanda do segundo andar.

Eu me lembrei, então, de quando morava havia menos de dois meses em São Paulo e tinha ido almoçar com pessoas recém-conhecidas que viriam a se tornar amigas num restaurante em frente à praça Benedito Calixto, que para mim ainda era um lugar novo, turístico, e não apenas um clichê paulistano.

Eu me lembrei que esperei uma hora e meia na fila, como uma típica moradora da cidade, acostumada a aguardar horas por um almoço. Eu me lembrei que tomei tanta cerveja e cachaça e comi a ponto de quase passar mal. Eu me lembrei que, quando saímos, eram cinco e pouco da tarde, o sábado estava estragado, não restava opção além de cair no sofá e dormir por algumas horas. Eu me lembrei que caminhamos pela região, embriagados, felizes, e tiramos fotos, aproveitando a chamada "hora mágica", quando o sol está quase se pondo no horizonte e cobre nosso mundo com um filtro alaranjado que deixa tudo parecendo irreal. Eu me lembrei que comentei que aquela luz deixava tudo com uma cara de propaganda de banco, pois não queria parecer cafona dizendo que era uma luz danada de bonita. Eu me lembrei que caminhamos pela rua, seguindo o muro do cemitério da Cardeal, aquele muro colorido, alegre demais para um cemitério, que separava nosso mundo, dos vivos, dos conhecidos que iam se tornar amigos, e o mundo estéril e silencioso dos mortos.

Tudo isso, esses momentos, essas fotos tiradas que eu não recordava em detalhes, mas que estavam registradas em alguma rede social num grande cemitério de imagens, aquela paleta de cores alaranjada, tudo estava dentro de mim, mesmo quando saí do táxi, de madrugada, naquela noite tenebrosa, e vi meus amigos, que já não eram novos amigos, e senti um cansaço e um peso imenso sobre minhas costas.

O Centro de São Paulo está repleto de lugares assim: se a polícia desse atenção a eles, seriam fechados na hora, pois não há segurança alguma, nem ao menos saída de incêndio, as pessoas fumam em qualquer cômodo, a estrutura do prédio é antiga e provavelmente precária, os degraus da escadaria de madeira parecem que vão partir com só mais um pouco de pressão.

E, apesar de todo esforço dos órgãos que controlam a cidade, algumas pessoas tomam para si esses lugares, colocam equipamentos de som, grandes caixas emitindo um grave que reverbera pelas paredes rachadas, pelas vigas deterioradas, instalam equipamentos de luz que mudam o cinza decrépito para um espetáculo artificial de azul, verde e vermelho e um clarão que pisca de forma insistente.

A função do governo é remover tudo o que há de perigoso na vida em sociedade; a função das pessoas é recuperar o que ainda pode haver de interessante na cidade. Há um motivo para que os contos de Lovecraft se passem em vilarejos e cidades abandonadas e esquecidas pelo resto do mundo. Há um motivo para que os filmes de terror se passem longe das metrópoles. Porque o sobrenatural não resiste a uma luz branca, ele depende de sombras, de um lugar fora do lugar para existir.

Na ficção, nos irritamos quando uma personagem entra num local onde certamente algo de ruim acontecerá, quando alguém se separa do grupo e decide ver o que está causando aquele barulho na floresta. Qualquer pessoa sensata evitaria uma atitude dessas. Eu não estou num filme de terror, pensei, ignorando todo o meu dia até então, e é só uma festa, pensei, enquanto cumprimentava os conhecidos do lado de fora e passava a porta de entrada.

O horário da meia-noite e suas horas seguintes já foi conhecido, no passado, como *witching hour*, o período em que as bruxas agarram seu cabo de vassoura e saem voando pela floresta, o momento ideal para realizar rituais macabros. É quando não há ninguém na rua, dormem todos, exceto uns poucos que desafiam o sono, conspirando. Eram quase três da manhã. Três da manhã também é um horário satânico, uma sátira ao momento em que Jesus morreu na cruz, da mesma maneira como a Missa Negra é realizada como uma missa cristã em negativo. Claro, nada disso faz sentido, não há por que pensar nisso, ainda mais numa metrópole, ainda mais numa festa, céus, numa festa, espaço de celebração.

Eu cheguei e senti que precisava, antes de mais nada, de um drinque. Então localizei o bar, com uma fila pequena, e me direcionei até o local, torcendo para não encontrar ninguém no caminho. A festa ocupava o andar inteiro de um prédio abandonado. Eu não fazia ideia do que havia no segundo ou no terceiro andar, cujo acesso estava bloqueado. No andar da festa ainda eram perceptíveis os marcos de portas dos apartamentos, mas os apartamentos tinham sido esvaziados e só havia sofás antigos, com dezenas de marcas de queimadura de cigarro e diversos fluidos ressecados. Os sofás eram praticamente a única decoração daqueles espaços vazios. Em dois cômodos havia equipamento de som, luzes vermelhas e azuis, uma pista de dança. Em outro, o almejado bar.

Eu estava a poucos metros do bar, já vislumbrando um *mojito* sobre a mesa, que apenas esperava ser recolhido pelo dono, quando uma pessoa cortou a minha frente: Cláudia, com seu cabelo vermelho esvoaçante. Um abraço, um beijinho e dou os parabéns pelo aniversário. Ela me fitou nos olhos e percebi que já tinha bebido demais. "Que bom que você veio!", falou, e sua voz estridente se revelou mais alta do que o lugar pedia. Provavelmente tinha acabado de sair da pista, onde era preciso gritar para poder ser ouvida. "Você veio sozinha ou... quem é esse?", ela me perguntou, com o olhar apontando para algo logo acima dos meus ombros.

Num repente, me virei para trás. Havia pessoas, sim, era uma festa cheia, mas não havia ninguém tão próximo de mim. "Ah, desculpa", consegui ouvir enquanto ainda estava de costas, "achei que tinha alguém com você."

Não permitir. Que. A paranoia. Me invada.

"Quê?", perguntei, sem perceber que também estava gritando.

"Achei que tinha alguém com você", ela respondeu, sua voz tão aguda que seria capaz de estilhaçar as janelas, e Cláudia deve ter percebido a minha reação de choque, pois complementou com um: "Foi mal, tô doida demais. Jurei que tinha alguém junto".

Eu não sorri em resposta. Cláudia desapareceu da minha frente e pude, então, ingressar na fila para comprar uma bebida, com a sensação de que havia alguém logo atrás de mim, que, se eu virasse pra trás, ia deparar com um rosto colado ao meu ombro e sentiria seu bafo quente nos meus cabelos.

Pedi um gim-tônica e, enquanto aguardava a bebida, me escorei contra o bar, onde podia observar a varanda à minha direita, onde pensei ter visto Júlia e um homem se beijando. Os sintomas da ansiedade retornaram todos: taquicardia, respiração pesada, algo travando a minha garganta.

O barman entregou minha bebida e comecei a me encaminhar rumo à varanda, escutando o barulho animado de conversa, enxergando a fumaça cinza-escura de vários cigarros. Reconheci Júlia e reconheci o homem que ela beijava: Miguel. Os dois me olharam com surpresa: "Não sabia que você vinha na festa!" e "Isso são horas de chegar?". Ambos pareciam mais desconfortáveis com minha presença do que felizes em me ver. "Que cara é essa?" e "Por que demorou tanto pra vir?". "Mas que legal que você veio" e "Sim". Eu sorri e tomei um gole do meu gim-tônica com canudinho. Me virei, saí da varanda e comecei a caminhar pelo cômodo que abrigava o bar, em direção à porta, em direção não sei bem aonde.

Caminhei com passos decididos, e a certeza — que não conseguia negar — de que algo me acompanhava de perto. Foi quando senti algo pesar em meu ombro, e quase perdi o fôlego. Eu me virei e era Júlia, com uma expressão no rosto que eu não soube identificar.

"Escuta", ela disse.

Eu fiquei em silêncio, ainda com a sensação de que algo estava atrás de mim, grudado em mim, como se estivesse pendurado sobre meu corpo, como uma mochila pesada que eu carregasse.

"Eu sei que eu tô te devendo uma explicação", Júlia continuou, mas eu não entendia do que ela estava falando. "Eu sei que o Miguel é seu ex", ela disse.

Pisquei os olhos. O fato de eu ter namorado Miguel por alguns meses logo que cheguei em São Paulo, anos atrás, não ocupava meus pensamentos, de modo algum.

"Foi algo que rolou", ela insistiu no assunto. "Ninguém planejava."

Eu queria dizer que estava tudo bem, que ela não precisava se preocupar com isso, mas a sensação de que a *coisa* que estava logo atrás de mim se encontrava tão próxima que seria capaz de mordiscar minha orelha me impedia de abrir a boca.

"Não fica mal com isso", Júlia prosseguiu. "Se for pensar, a gente também é ex, né?", ela disse, rindo. "Todo mundo já ficou com todo mundo nessa cidade", ela acrescentou, como se o mundo fossem os amigos de classe média do meio cultural.

Minha respiração estava tão pesada que tive que fazer um esforço descomunal para dizer: "Não se preocupa. Tá tudo bem".

Ela sorriu, mas vi que seus olhos estavam cheios de água. Como se ela tivesse sido pega praticando um crime. Como se ela, a perfeição da família, não tivesse maus sentimentos ou atitudes questionáveis, como se aquilo — sair com o *ex* de uma amiga — fosse pecado.

"Tá tudo bem, eu juro", insisti.

Ela olhou para mim e pensei que fosse chorar.

"Você veio sozinha?", ela perguntou. "Ah, me desculpa", tentou consertar. "É só que achei que tinha visto você chegar com alguém. Achei que tinha alguém com você, só isso."

Eu estava com o canudo na boca, sorvendo um longo gole de gim-tônica, que senti descer pela minha garganta como se fosse uma bola de espinhos.

"Não", respondi. "Eu vim sozinha. Achei que seria bom sair de casa."

"Ah."

"Sério, não se preocupa. Tá tudo bem, mesmo", eu disse,

apertando os ombros dela, tentando passar confiança na minha frase, uma confiança que não estava lá, por motivos que nada tinham a ver com quem Júlia trepava ou deixava de trepar.

"O.k.", ela disse, "vou pegar uma bebida."

E quando se virou, notei, pelo jeito cambaleante, que ela se encontrava tão ou mais bêbada que Cláudia, só disfarçava melhor.

Saí caminhando pelo lugar e fui atraída pela música de uma das pistas de dança, pela batida lenta acompanhada de uma linha de sintetizador familiar. Entrei numa sala apertada na qual a temperatura estava muitos graus acima da do resto da festa, e não reconheci pessoas, apenas distingui silhuetas na noite desenhadas pelas luzes estroboscópicas. Sentindo a presença atrás de mim mais forte do que nunca, me juntei àqueles corpos anônimos, e em segundos meus braços e minhas pernas se adequaram ao ritmo e eu estava dançando, tentando reconhecer a música, *we once walked these streets*, tentando deixar que a música apagasse o que eu carregava nos meus ombros, *in search of the unthinkable*, tentando esquecer os lampejos de lembranças daquela sala, daquela casa, daquela presença, *we tried to be invisible*, daquela sensação de que algo terrível estava prestes a irromper em nosso mundo, *it only made us miserable*. O DJ encerrou a música antes do tempo, colocando outra com uma batida muito mais rápida e agressiva na sequência, sem se preocupar com a sincronia. Tratava-se de um DJ inexperiente, que acha que seu dever se restringe a abaixar o volume de uma música e subir o de outra, mas nada disso importava, pois sua nova escolha se mostrou popular, as pessoas se animaram, pulando e cantando junto. Eu fiz o mesmo.

O gim-tônica acabou. Eu não tinha ideia de que horas eram. Ao meu redor, pessoas que eu não conhecia e que não me conheciam. Sobreveio uma nostalgia, talvez motivada pela música que tocava, muito popular em 2000, a saudade de entrar com carteira de identidade falsificada nas festas, de ter essa experiência como uma novidade. Se me perguntassem, em 2000, se eu achava que em 2015 eu estaria ouvindo a mesma música em uma pista de dança, eu riria. Em 2015 minha vida estará resolvida, eu devia acreditar na época. Senti saudades de estar cercada de amigos que eu tinha certeza de que eram verdadeiros e que durariam para sempre, rostos cujo nome agora eu tinha dificuldade em lembrar. Minha vida é quase igual, pensei, a diferença é que agora tudo é ridículo.

A pista começou a se esvaziar, restava apenas uma dúzia de corpos incansáveis, que cada vez mais embriagados urravam de prazer, com as mãos ao alto, a cada nova música. Levantei a cabeça, vi as luzes coloridas piscando, e nesse movimento de cabeça, notei que eu também tinha bebido demais. Foi um dia longo, pensei, mas não conseguia nem refletir sobre tudo o que tinha acontecido, como se o café da manhã, o almoço, o trabalho, tudo tivesse ocorrido meses atrás. O álcool, mais do que qualquer outra droga, sempre me ofereceu a possibilidade de reduzir tudo ao presente, fracionando em pequenos pedaços um mundo impossível de abarcar, pedaços com os quais eu era capaz de lidar.

Casais se beijavam ao meu redor. A hora em que o desespero bate e estranhos se agarram só para não acordarem sozinhos no sábado. Reforços na batalha que era suportar as últimas horas da noite. Parei de me mover, mas o mundo parecia continuar girando. No canto do local, um sofá esfarrapado com um homem e uma mulher se beijando. Eles se levantaram e foram embora. Que horas seriam? As luzes vermelhas e azuis brilhando sobre o sofá abandonado. Eu parada no meio da pista. A sensação crescente de que algo errado acontecia ali. Onde estavam meus amigos?

A impressão de ver alguém se deslocando entre os dançarinos restantes. A música voltando a uma batida mais lenta. Alguém está sentado no sofá? Eu parada na pista de dança, tentando não ser atingida por braços e pernas em movimento. Alguém se sentando no sofá. Algo. A impressão de que há algo entre nós. Uma sombra se deslocando. Ou o mundo se deslocando enquanto estou parada. Meu estômago borbulhando. O gim-tônica que tinha descido anuncia seu retorno ao esôfago. Vou passar mal. Precisava chegar ao banheiro. Cambaleei para o lado errado, junto ao sofá, onde desabo. Apoiei meus ombros sobre o braço do sofá, como um gato pendurado. Atrás de mim, a certeza de que uma sombra escala meu corpo, mas não posso olhar para trás. No meu quadril. Sobre as minhas costas. Está atrás de mim. Preciso levantar.

Empurrei o braço do sofá e me levantei. O banheiro. Preciso achar. A pista não tem mais nenhum ser humano, só sombras dançando. Eu passo pelo meio das sombras, que me tocam de leve. Ainda há seres humanos nos corredores. Não há muita iluminação. Tropecei pelo corredor. Procurando o símbolo do banheiro, qualquer coisa que indicasse onde ficava o banheiro. A teoria do meu pai de que nosso cérebro preenche a informação quando estamos desesperados por ela. Reconheci o banheiro não por algo escrito, mas por uma fila de mulheres. Eu me apoiei contra a parede para não cair. Não vou conseguir segurar o que se movimenta dentro do meu corpo. Olhei para trás e a sombra do sofá está vindo a passos lentos em minha direção. Preciso sair daqui. Uma ânsia de vômito mais forte faz com que eu contraia meu corpo e bote a mão na boca. Um grito agudo de uma menina da fila anunciando que eu ia vomitar. A porta do banheiro se escancarou. Sou empurrada para dentro e fechada ali. Alguém lembrou de acender a luz. Não consegui chegar à privada, e talvez nem quisesse, pois o cheiro fétido só pioraria tudo. Um jorro amarelo-esverdeado saiu de minha boca. Eu estava de pé, regurgitando na pia. O vômito foi expelido com tanta força que meus olhos se encheram de água. No espelho, notei que meu rosto estava cheio de bolinhas vermelhas, sangue nos poros do esforço. A água da torneira. Lavei minha boca, e estou lavando meu rosto, escutando batidas na porta, pessoas achando que desmaiei, e sei que algo está ali no banheiro comigo, algo entrou junto comigo, talvez pela fresta da porta, e fiquei olhando a maçaneta da porta, pois não queria, não podia olhar para o espelho, mas olhei para o espelho, e vi com toda a certeza, com toda a claridade da luz branca do banheiro, um rosto desfigurado atrás de mim, tão próximo do meu a ponto de quase se fundir ao meu, tão próximo que não era possível saber onde eu terminava e onde a sombra começava.

Um barulho fez tudo desaparecer e fui jogada para o canto do banheiro. Tinham arrombado a porta, e ao me verem acordada, de pé, passei a ouvir a desculpa de que pensaram que eu tinha desmaiado ou morrido, por isso quebraram a tranca. Olhei para a porta e vi que havia rastros de vários outros cadeados quebrados. Era algo comum. Não respondi nada, aceitei um copo de água que uma anônima me ofereceu, devolvi o copo e saí andando pelo corredor, até ter a certeza de que ninguém me acompanhava. Enxerguei a plaquinha vermelha indicando a saída e segui naquela direção. Desci as escadarias que em alguma década foram suntuosas, passei pela porta e senti o ar noturno ao meu redor. Oxigênio, pensei.

Poucos carros, poucas pessoas. Um barulho de helicóptero no céu. Uma voz conhecida chamando meu nome. Júlia. Meu nome sendo gritado.

Júlia estava sentada no chão da calçada e provavelmente não percebeu o rato que corria pelo meio-fio. Ela tinha os olhos inchados e sua blusa branca estava com um rastro amarelo-escuro de vômito. Se houvesse algum táxi ao redor, eu entraria e voltaria para casa naquele instante.

"Me desculpa", ela dizia, gritava, o nariz vermelho, pingando.

Pedi para Júlia se acalmar, perguntei onde estava o Miguel, ela me disse que tiveram uma briga, que ela tomou algo — não entendi qual droga — e ficou em chamas, que era culpa dela, a culpa era toda dela, repetiu aos gritos. Expliquei que estava tudo bem, que eu tinha tido a pior noite da minha vida e só precisava ir para casa, que eu ia chamar um táxi e ela devia fazer o mesmo. Júlia se levantou de repente, como um morto que volta à vida, e se agarrou ao meu vestido.

"Você não pode me deixar aqui!", ela gritava. "Eu sei que a culpa é minha. Desculpa, por favor, não me deixa aqui! Eu não sei como voltar!"

Com o canto do olho, tive a impressão de ver que a sombra também saía pela porta e se aproximava de mim. Fui tomada por um impulso vindo não sei de onde, mas queria pensar que não de dentro de mim, de modo algum, e com o braço direito empurrei Júlia. Ela continuou agarrada ao meu vestido, então empurrei-a de novo, dessa vez com força. Um naco do meu vestido rasgou sob as unhas dela. Júlia caiu sentada no chão, chorando, com as mãos na cabeça, e vomitou mais uma vez no chão, pouca quantidade, um líquido viscoso e avermelhado.

O oxigênio da rua parecia ter evaporado, eu lutava para respirar. Júlia continuava no chão, murmurando pedidos de desculpas. "Desculpa pelo Miguel", ela disse, e com o pouco fôlego que encontrei consegui responder que não tínhamos mais idade para ficar brigando por homens, e acrescentei que também não tínhamos mais idade para ficar vomitando do lado de fora de uma balada, ignorando que eu também tinha feito o mesmo no banheiro, mas a minha fala foi ganhando raiva na voz, e fui me sentindo cada vez mais contente por criticar Júlia, e apesar de tudo estar girando na minha cabeça, abri um sorriso ao contemplar a cena dela no chão, toda vomitada, e vivenciei um profundo e raivoso desprezo, aliado a uma alegria difícil de disfarçar.

Eu me virei para trás e vi o rosto da sombra colado ao meu, os lábios tão próximos que eram capazes de me beijar, e dei um grito que Júlia não compreendeu ou talvez nem percebeu. Olhei outra vez para Júlia e comecei a caminhar pela rua, me afastando do local, e ela se sustentou no chão, conseguiu se levantar, e saiu atrás de mim, cambaleante, apoiando nos carros estacionados, gritando para eu não deixá-la sozinha, que ela não sabia como voltar para casa, para eu por favor ajudar, e eu continuei andando, cada vez mais rápido, até quase correr, e entrei na primeira rua à esquerda, e continuei correndo, até não enxergar mais ela atrás de mim, até notar que a sombra também tinha desaparecido.

Era noite, eram quatro e meia da manhã de acordo com o LED de um relógio que brilhava no meio da avenida em que eu me encontrava, e então me dei conta de que não fazia ideia de onde estava, e que na verdade era um tanto perigoso estar sozinha ali, naquele horário.

Carros passavam por mim, táxis brancos, e eu não tinha força mental de sinalizar para que parassem. Mendigos dormiam na rua, figuras encobertas pelas sombras pediam dinheiro, e eu continuava correndo. Reconheci o Copan, boates iluminadas ao redor, prostitutas esperando o fim do expediente. Continuei correndo, meu corpo já estava banhado em suor, e olhei para baixo e vi a minha roupa suja como se eu tivesse fugido de uma escaramuça.

A cidade alternava entre o brilho cintilante e a escuridão. Toda religião sempre definiu seu espaço sagrado, seu templo, seu santuário, assim como conseguiu definir o espaço profano e, tão comum no ocultismo, o local onde espíritos vagam sem rumo, onde um crime brutal, uma tragédia inconcebível aconteceu. Um carro passando rápido pela avenida. Olhos à espreita.

Quantas tragédias já aconteceram aqui. Quantas pessoas

foram atropeladas, assassinadas, violentadas. Quantos suicidas solitários realizaram seu último ato no silêncio da noite. Quanto ódio, rancor, infelicidade permanecem gravados nessa calçada, nesse asfalto. Se fosse possível enxergar os mortos, vê-los empilhados, eles estariam muito mais altos que os viadutos, eles preencheriam os túneis.

Estou chegando à rua da Consolação, percebi de repente. Podia enxergar, à distância, o prédio do casal que me levou para o ritual. Sem pensar sobre o assunto, segui naquela direção. Tomada por um senso de objetividade, parei de me preocupar com qualquer risco de ser assaltada ou estuprada, firmei o passo, cheguei ao prédio e comecei a tocar em ritmo frenético o interfone do apartamento do casal. Não sei quantas vezes apertei até uma voz sonolenta atender, eu dizer meu nome, e a voz da mulher me perguntar o que eu queria, e eu gritar que eles tinham que me deixar entrar.

A porta emitiu um barulho de choque elétrico e entrei no prédio. No elevador, pude contemplar por alguns segundos meu cabelo desarranjado, as manchas de várias cores no meu vestido, o suor que dava a impressão de que eu tinha tomado um banho de chuva. Eu continuava sem fôlego.

Saí do elevador e segui determinada em direção à luz do apartamento. Antes, na noite, estava toda receosa. Agora não tinha mais dúvidas.

Invadi o espaço. A mulher estava de camisola, me encarando com uma expressão entorpecida de surpresa. O homem veio do quarto vestindo um pijama de flanela, e eu urrei "DE PIJAMA!", antes de cair num riso delirante.

"O grande ocultista! A dupla que desvenda os segredos do universo! Usam um pijaminha para dormir! Cadê a touca?"

A minha gargalhada era expelida aos gritos. A mulher tinha desaparecido e voltou a se materializar ao meu lado com um copo de água, que me entregou. Eu agarrei o copo com as mãos trêmulas, olhei para aqueles dois e não senti nada além de desprezo.

Imaginei, com um movimento brusco, espatifar o copo contra a estante e pressionar o pedaço pontiagudo de vidro contra o pescoço do homem, até descobrir tudo o que estava por trás daquele grupo. A cena era executada em câmera lenta em minha mente: a mulher tentando me puxar, uma bolota de sangue aparecendo na pele do homem, eu berrando para não tocarem em mim.

Olhei para o copo na minha mão, intacto, a água gelada resfriando meus dedos, e olhei para o pescoço do homem. O pendente de proteção pendurado.

"Tem uma sombra me perseguindo", eu disse, "e a culpa é de vocês."

O homem falou que não sabia do que eu estava falando. Na minha imaginação, apertei com tanta força o vidro contra o pescoço dele, que eu mesma comecei a sangrar.

A mulher fez sinal para que nos sentássemos. Educadamente, covardemente, aceitei. Contra a minha vontade, meus olhos se encheram e eu tentei equilibrar as lágrimas nas minhas pálpebras o máximo que pude.

"Só quero entender o que foi que aconteceu", eu disse, num tom choroso que deveria ter sido ameaçador, mas não foi.

"Nós também queremos isso. Exatamente isso", respondeu o homem.

A mulher estava ao meu lado, passando o braço pelo meu ombro, como se confortasse uma amiga. Recuei.

"Em todo ritual a gente adiciona um elemento estranho, imprevisível", ele disse.

"E dessa vez o ingrediente secreto fui eu", resmunguei.

A mulher puxou meu rosto pelo queixo, para que eu a fitasse nos olhos.

"O que foi que você viu?"

Eu limpei as lágrimas, incomodada.

"Nada", respondi.

A sala parecia opressiva como a minha casa enquanto eu analisava o arquivo de áudio. Havia algo a mais entre nós, notei. A sombra também estava ali. Ao lado da mulher, de pé, me olhando.

"Mas, se eu fosse você, não viraria para trás", acrescentei.

O rosto da mulher empalideceu. Ela largou meu queixo e virou lentamente o pescoço. Encarou o local onde estava a sombra e permaneceu um tempo assim, observando.

"Não tem nada aqui", falou.

"Então. Foi o que eu disse. Nada."

O homem parecia estar perdendo a paciência. Ele revirou o cinzeiro atrás de uma ponta de baseado, localizou, colocou-a nos lábios e acendeu. Um fedor de maconha da pior qualidade preencheu a sala.

"Talvez eu devesse falar com o líder", falei.

Ele deu uma engasgada ao tragar o cigarro.

A mulher comentou, sarcástica, que nem precisava me passar o endereço, pois eu já tinha.

"Sim, é verdade, eu salvei o endereço. E também encaminhei à polícia."

O homem me fitou com desconfiança, o rosto semioculto pela fumaça.

"Sim, a polícia tá sabendo de tudo, estão investigando vocês faz tempo. E eu passei muito material para eles. Fotos, áudio. Uma gravação dessa brincadeira de vocês."

"Se você acha que é brincadeira", ele me interrompeu, "por que veio até aqui? Para discutir ocultismo? Catalogar crenças? Fazer uma tabela numa tese de doutorado?"

O homem se levantou de repente, a ponta do baseado presa entre os dedos, e pensei que a violência que mentalizei tinha possibilidades concretas de ocorrer. Olhei para o copo de água, os armários de vidro, o cinzeiro de cerâmica, tudo o que eu poderia usar como arma para me defender.

"Você acha mesmo que a polícia vai resolver algo?", ele me perguntou.

A mulher sentou ao meu lado e acariciou meu cabelo.

"E você acha que a polícia vai fazer o que com essa sombra?", ela questionou, sorrindo. Não conseguia me decidir se eles acreditavam em mim ou não.

"Acho mesmo que você deve conversar com o magíster. Você tem o endereço dele, é só chamar um táxi", o homem complementou. "Deixa que eu chamo."

Estava em dúvida se não era um outro joguinho de provocação e desafio, como o que fez Fábio me levar ao ritual. Olhei para o meu copo de água. Nunca seria capaz de transformá-lo em arma. Pelo reflexo do vidro vi o rosto da mulher e vi a sombra, o rosto da sombra, tão próximo do dela.

"Pelo jeito não tenho escolha", eu disse.

"Você sempre tem escolha", a mulher retrucou. "Você podia ter ficado em casa."

"Todo mundo aqui sabe que, no fundo, no fundo, isso não era uma opção. Nunca foi", respondi.

O homem sorria. Parecia contente e sonolento, como quem está apenas esperando a visita ir embora para dormir.

Eu perguntei mais uma vez: "Não tem nada que você possa fazer para me ajudar? Alguma explicação?".

"Se alguém tem algo a explicar, é você."

O homem pegou o celular que estava parado sobre a mesa e pediu um instante para chamar o táxi.

"Eu não aguento mais percorrer a cidade", falei, sem saber bem por quê.

"Não se preocupe, querida. Logo já amanhece", a mulher disse.

O homem abriu a porta do apartamento, com o telefone ainda grudado contra a orelha, e fez sinal para que eu passasse.

Enquanto eu saía, escutei-o murmurar: "A culpa, na verdade, é totalmente sua".

Saí o mais rápido que pude do apartamento e corri no escuro do corredor até o elevador, que ainda estava parado naquele andar, apertei o botão do térreo e aguardei impaciente, sem me olhar no espelho, até a porta se abrir.

O que estou fazendo?, pensei.

O táxi branco me aguardava no lado de fora. Corri até o carro, abri a porta do banco de trás, entrei, falei o endereço — que eu já tinha memorizado — e quando o veículo deu a partida e começou a andar, enfim olhei para o espelho retrovisor e enxerguei o rosto do motorista. Não falei absolutamente nada. Era o mesmo que tinha me conduzido a noite toda. Ele olhou o local no GPS.

"Voltando?", o motorista perguntou, sem ironia, sem curiosidade, apenas com um enorme cansaço.

Afundei no banco e pensei na mulher que não sabia distinguir os vivos dos mortos. As ruas estavam quase desertas, como era de esperar. Àquela hora, só a Augusta e a Vila Madalena tinham algum movimento, e nós nos encaminhávamos a bairros ainda mais abandonados. O homem dirigia rápido, com pressa, o carro inteiro batendo contra o asfalto ao cruzar ladeiras íngremes. Nos semáforos fechados, botava a ponta do carro no meio da rua, conferia se alguém estava passando e seguia. O que estou fazendo?, pensei.

O veículo disparou pela avenida do Estado, ignorando qualquer radar de velocidade. O marcador mostrava noventa quilômetros por hora. Entrou à direita, à esquerda. Estávamos próximos. De repente, o carro fez um barulho esquisito, como se estivesse engasgando. O motorista pressionou o acelerador, mas o barulho de tosse só aumentou. Uma fumaça escura escapava do capô. Ele brecou. Pela janela, vi que nos encontrávamos no meio do nada, entre casas decrépitas e uma fábrica abandonada. Ele destrancou as portas.

"Você vai ter que descer aqui. Não precisa pagar", disse, me olhando pelo espelho.

Ele continuou dentro do carro enquanto a fumaça seguia subindo aos céus. Saí do carro e pisei no chão como quem desce de uma longa viagem de avião.

"Agora é comigo", eu falei.

Ele não respondeu nada. Não tinha o que responder.

O que estou fazendo?, pensei.

Peguei o meu celular, já quase sem bateria. Abri o mapa — eu me encontrava a quatro quadras do local. Podia chamar outro táxi e voltar para casa. Sempre é possível tomar esta decisão: desistir e voltar. Saí caminhando, olhando para todos os lados, temendo encontrar alguém escondido no meio dos escombros daquele bairro.

O que estou fazendo?, pensei.

No céu, poucas estrelas brilhavam. Amanheceria em breve.

O que estou fazendo? Como cheguei nessa situação? O que espero encontrar na casa desse líder? Como tudo mudou tão rapidamente? Como posso ter acordado, sofrido para sair da cama, passado tantas horas no trabalho, e agora estar aqui — é o mesmo dia, ainda —, andando sem rumo numa região decrépita, num horário perigoso? E chegando lá, o quê? A sombra, eu vou pedir para ele tirar essa sombra, certo? Mas o que é essa sombra?

Foi uma evocação que deu errado? Uma invocação, pois ela parece estar grudada em mim? Foi um espírito inferior que entrou em nosso plano? Um quiumba? Mas eu nunca acreditei nisso, não é? Sempre li todos os ceticistas, sempre defendi uma visão materialista do mundo, não acredito em Deus desde que tenho uma opinião crítica mais ou menos formada, então por que me envolvi nisso? As sombras sempre estiveram comigo, sim, desde pequena, mas eu tinha aprendido a conviver com elas, tinha matado as sombras com a ciência, então por que estou fazendo tudo isso? Não é só porque bebi demais? Porque tinha uma droga na bebida? Porque fui influenciada por todo aquele mise-en-scène do ritual? Porque afrouxei minhas defesas, meu raciocínio lógico? Porque afoguei minha ironia e meu cinismo? Por outro lado, que espécie de vida é essa em que a ironia e o cinismo bloqueiam qualquer experiência? A vida de uma pessoa emocionalmente pobre? Espiritualmente pobre? Ao investir na razão, não estamos matando algo de essencial? Ao dizer que tudo é histórico, tudo é político, não estamos aniquilando o individual? Sim, porém a ciência provou que não existem espíritos nem contato com o além, que muito provavelmente não existe o além, pois todos os médiuns e psíquicos e paracientíficos foram analisados em testes laboratoriais e não conseguiram reproduzir seus experimentos, então isso é sinal de que se agarrar a crenças ocultistas medievais só pode ser sinal de atraso imenso, não? E a alma? Sua existência nunca foi provada, é claro, mas por que eu sou eu? A neurociência cedo ou tarde vai explicar de que forma a consciência é gerada, uma explicação complicada envolvendo quarks ou algo que só um por cento da população de fato compreenderá, mas nunca vão explicar por que eu controlo esse corpo, o *meu* corpo, e não o de outro, ou seja, a questão da alma permanece, não? Se a questão da alma permanece, por que não a da vida após a morte? Assim que eu deixar de controlar meu corpo, assim que meu corpo ficar inerte, rígido, o coração parar, o cérebro desativar, o que acontece com essa força que controla o corpo? Vai para algum lugar fora da nossa dimensão? É consciente? Pode encontrar outras almas sem corpo? Amigos que morreram? Ou ficará sozinha, sem rumo? Não podemos culpar as religiões por terem inventado histórias para dar conta disso, não podemos culpar as religiões por terem sido fundadas sobre a morte, pois, embora a parte biológica tenha sido resolvida, o que fazer com a questão espiritual? O que fazer com o fato de que não queremos morrer sozinhos? Inventar deuses? E quando não conseguimos acreditar em nenhum dos deuses? E quando lemos a Torá, a Bíblia, o Alcorão, e nada daquilo parece verdade? O que fazemos? Lemos Agrippa, Lévi, Crowley, Blavátski? Exploramos o ocultismo? Por quê? Por uma questão estética, por que parece mais *misterioso* do que um livro lido por um sujeito qualquer no Ocidente? Não seria tão mais fácil acreditar na Bíblia? "A Terra era sem forma e vazia. Deus disse: 'Haja luz'. E houve a luz. E Deus viu que a luz era boa e separou a luz das trevas. Deus chamou à luz dia, e às trevas chamou noite", consta no Gênesis, mas como alguém pode ter tanta certeza da separação entre luz e trevas, entre dia e noite? Como alguém pode ter tanta certeza dessas histórias inverossímeis, contadas há tanto tempo? Como, sabendo que somos uma pessoa entre bilhões, presas num planeta que gira ao redor do Sol, um planeta qualquer dentre inúmeros só na nossa galáxia? E nossa galáxia não passa de um espirro no universo, pois há tantas outras lá fora, e a matéria visível do universo também é apenas uma parte, pois toda matéria escura é uma grande incógnita para nossos cientistas, e nós não conseguimos medir nossa pequeneza; afinal, qual metáfora seria adequada? Quando falamos que somos um grão de areia no universo, isso não dá conta, nosso planeta inteiro pode ser visto como um grão de areia no universo, e nosso cérebro não é capaz de apreender o tamanho de nossa insignificância, então por que passamos tanto tempo inventando ficções de que há um Deus que cuida de cada um de nós? Como imaginar um Deus que vigia nosso pensamento, que fala nossa língua, que discerne entre boas e más ações, quando o significado de bom e mau varia conforme o lado do planeta que nos encontramos? E, se não conseguimos imaginar esse Deus, o que nos resta? O que me resta? Uma seita de dez pessoas? Uma sombra? A ciência, acreditar na ciência como meu pai, um ateu proselitista? Mas e quando estou sozinha à noite, quando uma pessoa tão próxima e tão boa, que nunca fez nada de errado, morre num acidente banal, quando o mundo se mostra complicado e cruel demais, quando sair da cama é uma dificuldade, o que podemos fazer? Acreditar que, frutos do acaso, somos uma organização de átomos de carbono que desenvolveu consciência num território que, pelas quantidades corretas de oxigênio e hidrogênio, permitiu que existíssemos? Essa é a alternativa? Que consolo isso traz? Ah, é claro, quem disse que o consolo estava em jogo? Quem disse que importa o que pensamos ou deixamos de pensar? Quem disse que a aleatoriedade e o acaso não são a única realidade inescapável? Porém, se aceitarmos isso, o que nos resta? O que faço da minha vida?

Eu não sei.

Em vinte, trinta minutos, amanheceria. A casa estava com as luzes apagadas, as janelas e persianas fechadas, silenciosa como qualquer outra no quarteirão. Não havia ruído algum, nem mesmo o eterno barulho de trânsito, britadeiras e helicópteros da cidade.

Abri o portão, que continuava sem tranca, e caminhei até a porta, pensando que o líder era uma pessoa idosa, que provavelmente dormia e não acordaria com o toque da campainha. Ainda assim, apertei e aguardei, sentindo certo frio e certo ridículo. Após alguns minutos, apertei outra vez, e de novo recebi apenas silêncio. Não posso voltar para casa como se nada tivesse acontecido. Então tentei a maçaneta.

A porta se abriu, revelando a escuridão completa do corredor de entrada. Parecia que eu tinha estado lá fazia dias, e não poucas horas. Bati na madeira da porta e falei um "Olá", primeiro tímido, depois mais alto. Ninguém respondeu. Tossi, envergonhada. O interruptor de luz reluzia, e eu o apertei. O corredor se iluminou, e então notei que a casa tinha mais cômodos do que eu imaginava.

Entrei e fechei a porta atrás de mim. Olhei meu celular: eram cinco da manhã, havia dezenas de mensagens não lidas, sabe-se lá quantas mensagens de Facebook e e-mails, e apenas três por cento de bateria. O que estou fazendo?, pensei.

Meus passos rangeram pelo assoalho. Espiei pelas portas, vi a escuridão dos cômodos e segui até o salão principal, onde o ritual tinha sido organizado. O odor de incenso tinha se dissipado, restava apenas um cheiro de móveis antigos, madeira úmida. Localizei o interruptor e fez-se luz. A sala parecia outra sem as velas acesas, sem os desenhos de giz no chão. Agora havia mesas, cadeiras. Uma sala de jantar igual a qualquer uma. A estante repleta de livros não parecia tão deslocada. O quadro retangular vermelho perdeu a potência metafísica e se tornou apenas arte decorativa.

Mas não tinha ninguém ali. O medo de que alguém se aproximasse por trás de mim me tomou de repente. Virei, mas tudo estava igual a antes. Voltei para as portas que passei e fui acendendo as luzes da casa.

O banheiro: vazio.

Um pequeno escritório com um computador empoeirado e um monitor de tubo: vazio.

Com a luz dos outros cômodos acesa, pude ver que na outra porta havia uma cozinha, uma cozinha comum, com azulejos amarelos na pia, com um filtro de barro. Percorri os olhos pelo local e meu coração quase parou ao ver uma figura corpulenta sentada diante da mesa. Acendi a luz. Lá estava Fábio, vestido de forma casual, cochilando com a cabeça apoiada no braço. Diante dele, uma xícara de café que supus estar fria fazia horas. Ele abriu os olhos e me reconheceu, sem nenhum sobressalto.

"Você demorou", ele disse, como quem acaba de acordar de um longo sonho.

"Estava me esperando?"

"Sim, nós dois. Esperamos a noite toda. Acabei caindo no sono."

Ele olhou para a xícara à sua frente.

"Quer um café?", perguntou.

"Não. Só quero resolver isso."

Fábio mexeu a cabeça, concordando.

"Final do corredor. Ele deve estar dormindo, mas, ao contrário de mim, tem sono leve."

Botei a cabeça para fora da cozinha. No fim do corredor havia uma escadaria para outro piso. Antes de seguir nessa direção, voltei e perguntei para o Fábio:

"Escuta, eu sei da delegada."

Ele me olhou como se não tivesse registrado o que eu havia falado.

"Eu sei que você está em contato com a polícia", repeti.

"Não entendo o motivo."

Fábio pegou uma pequena colher e mexeu o café. Não saía fumaça da xícara.

"Você ficou mandando mensagens alarmistas para a polícia", ele disse. "Eu só controlei os danos. Passei outras informações. Tranquilizei a delegada. Para que eles não viessem."

"Eu sempre te tive como uma pessoa boa. Não consigo entender uma atitude dessas", respondi.

"Não é ser bom ou mau", ele disse. "É muito simples."

"Simples como?"

"Eles nunca entenderiam."

"Como assim?"

"Iam vir aqui com um mandado de busca e apreensão, talvez interrogassem alguém, mas e aí? Não mudaria nada. Ninguém está fazendo nada ilegal aqui. *Eles nunca entenderiam.*"

Eu me afastei da porta da cozinha e olhei outra vez para a escadaria ao meu lado. Sem me despedir nem responder, saí caminhando naquela direção.

"Não se assuste com qualquer coisa", escutei Fábio comentar atrás de mim. "Às vezes ele tem pesadelos e acorda gritando."

Os degraus eram cobertos por um tapete marrom um tanto sujo. Pisei no primeiro degrau e olhei para cima: escuridão. Não havia nenhum interruptor que acendesse uma luz capaz de iluminar a escadaria. Apoiei no corrimão e fui subindo aos poucos, sabendo que a cada degrau eu enxergava menos. Quando a escadaria chegou ao fim, ainda achei que tinha mais um degrau, então tropecei, desajeitada, e chutei algum móvel que não conseguia distinguir. O barulho do baque reverberou pelas paredes.

Nesse outro andar, consegui distinguir várias portas. Tateei a parede em busca de um interruptor de luz, quando reconheci, no que eu acreditava ser o final de um corredor, uma tênue luz acesa. Um abajur, pensei. Há alguém aí.

Desisti de acender a luz e caminhei, vagarosa, colocando as mãos à frente do meu corpo para identificar móveis e evitar outras colisões. No silêncio, ouvia minha respiração, e então percebi outro ruído. Uma respiração pesada acompanhada de um chiado, como se o ar escapasse de um balão furado. O ruído vinha do quarto com o abajur aceso.

A porta estava um pouco aberta e a luz escapava por essa fresta. Empurrei de leve a porta, que rangeu como uma agulha de vitrola patinando sobre um disco. Antes de entrar, coloquei minha cabeça na abertura e olhei dentro do quarto.

Era um cômodo desprovido de decoração e móveis. Os dois únicos itens no quarto eram o abajur, um abajur antigo no chão, próximo à janela, e um colchão baixo e encardido colado à parede do quarto. Sobre o colchão, uma pessoa estava deitada de lado, embrulhada numa túnica marrom, coberta por um lençol manchado, encarando a parede branca, portanto de costas para mim. Sua respiração estava mais audível do que nunca, e o chiado dava a impressão de que essa pessoa tinha graves problemas no pulmão. Era como se fosse o ronco de uma criatura selvagem perfurada por uma lança ou uma estaca. A cabeça da pessoa estava descoberta. Alguns fios de cabelos esparsos despontavam, uma exceção entre a pele amarelada que cobria aquele crânio.

Fui entrando aos poucos no quarto, e minha presença foi sentida, talvez com o segundo ranger da porta, pois precisei abrir um pouco mais para conseguir passar. A respiração da criatura parou de súbito, e o corpo se levantou, ainda encarando a parede, revelando um torso nu. Fiquei parada na entrada do quarto, esperando o próximo movimento. A pessoa se virou aos poucos em minha direção, começando pelos músculos do pescoço, que se torceram, enquanto o rosto virava lentamente, e eu senti um pavor íntimo de que o rosto revelado fosse o mesmo da sombra.

Reconheci, nos traços fundos, na expressão marcada, o rosto do magíster. Com o cobertor sujo ainda ocultando a parte de baixo do corpo, a criatura me olhou em silêncio, como se tentasse lembrar quem eu era e tentasse entender o que eu estava fazendo ali. Eu não disse nada. Achei que ele fosse abrir a boca e soltar um urro de pavor.

"Você", a criatura disse, num sussurro sofrido.

"Eu estava no ritual. Assistindo", falei, com a voz trêmula.

Um microscópico sorriso se desenhou nos lábios brancos da criatura.

"Claro. A moça que grita."

"A moça que não carregava proteção alguma. Por culpa de vocês", disse, e meu jeito irritado de cuspir essas palavras não combinava em nada com a tranquilidade inabalável do magíster.

"Chegue mais perto", ordenou, enquanto se ajeitava debaixo do cobertor. "Nós sabíamos que você voltaria."

Continuei imóvel.

"Você veio nos contar o que você viu, não? O motivo do grito."

"Uma sombra."

Ele me fitou com seus olhos pretos, e de súbito suas pupilas se expandiram.

"Algo que foi evocado no ritual e que está me perseguindo", acrescentei com segurança.

"Nada foi evocado ou invocado nesta noite", ele respondeu, com uma voz pastosa. "Foi uma noite de silêncio. Tentamos nos comunicar, mas ninguém nos escutou. O único ruído foi seu grito."

"Algo apareceu", insisti. "Algo está me perseguindo. Eu preciso saber o que é."

A criatura tirou o braço cadavérico de debaixo do cobertor e fez um sinal com a mão para que eu me aproximasse. Obedeci, timidamente.

"Muitas pessoas acham que estão vendo algo, algo além do nosso mundo. Por isso convocamos você. Alguém novo para trazer novas energias. Na esperança do contato com algo verdadeiro."

"Você não me ouviu? Há uma sombra me perseguindo. Por toda a cidade. Não tenho para onde fugir. Eu não sou louca. Eu não quero acabar como os outros. Gritando na rua."

"Eu desejei que você voltasse e me contasse sua experiência. É isso que nosso grupo busca. Uma experiência autêntica. Mas logo que você entrou neste quarto, tive certeza de que esta noite foi em vão. Ninguém entrou em contato. Silêncio."

"Foi autêntico para mim", falei, segura.

"Não era você a descrente? A acadêmica?", ele riu.

"Eu sei que foi uma experiência individual. Irreproduzível, impossível de ser compartilhada ou testada", murmurei, mordendo os lábios, com uma estranha raiva de mim mesma.

"E para você, logo para *você*, isso é a *verdade*?"

Demorei alguns segundos para admitir.

"Você tem razão."

"Pense num lago", ele disse, intercalando com uma tosse, "numa multidão caminhando até esse lago. Todos querem enxergar o fundo. Enxergar uma vida após a morte. Enxergar os amigos que se foram antes da hora, ou apenas o rosto dos pais mortos. Mas tudo que veem é a superfície cristalina do lago. E, como você sabe muito bem, a superfície não passa de um reflexo."

"Essa não é a questão."

Ele me olhou, pacificamente.

"Então, qual é a questão?"

Eu me sentei no chão, diante dele. Nossas cabeças estavam na mesma altura.

"Eu não sei qual é a questão."

Ele sorriu com condescendência.

"Por isso tantas pessoas que vêm aqui enlouquecem. Querem descobrir um sentido superior da vida. Mas na superfície do lago encontram algo que não planejavam encontrar."

"Essa não é a questão."

"Tem certeza?"

"Não."

"Do que você tem certeza?", ele me perguntou, parecendo estar mais desperto.

Pensei por um instante antes de responder.

"De nada. Eu tenho tantas perguntas."

Ele olhou para baixo.

"E você veio até aqui, a essa hora, na esperança de que eu fosse capaz de responder a essas perguntas?"

Ajeitei o cabelo.

"Não sei. Não sei por que vim até aqui. Talvez sim. Talvez fosse isso. Por um momento eu achei que a minha experiência tinha sido verdadeira. Tinha sido autêntica."

Ele suspirou. E me fez um pedido: que eu caminhasse até o cômodo ao lado do seu quarto, que abrisse o armário de madeira, que eu puxasse a última gaveta, que eu pegasse uma maleta vermelha, que eu trouxesse até ele. Fiz o que ele pediu em menos de um minuto, sem pensar nem sequer registrar esse outro cômodo da casa. Entreguei a maleta vermelha, que ele abriu, e puxou de lá de dentro uma sacola de veludo vermelha com um baralho de tarô, o tarô de Marselha, o mesmo que eu tinha e usava para tirar para minhas amigas.

"Você acredita nas cartas?", ele me perguntou.

"Não", respondi de imediato, sorrindo, considerando o absurdo daquilo.

"Entendo. Você também não acredita em espírito, demônios, alma, nada disso."

"Eu não sei mais no que acredito."

Ele embaralhou as cartas e pediu para que eu as cortasse com a mão esquerda.

"Não se trata de divinação. Só de tentar achar respostas", ele disse, enquanto distribuía dez cartas no desenho que reconheci como sendo o da cruz celta. "É o máximo que posso fazer por você."

"Isso é ridículo", protestei. "Eu não caminhei sozinha, no meio da madrugada, até aqui por uma idiotice dessas."

Pude olhar com mais atenção para o rosto dele. Ele parecia ter mais de cem anos. Parecia ter morrido muito tempo antes. Não parecia necessariamente com um "ele", mas com uma criatura sem gênero definido.

Ele virou a primeira carta, no centro da cruz. Era um nove de espadas: a figura de uma pessoa que acorda de um pesadelo, com as mãos pressionadas contra o rosto, enquanto nove espadas atravessavam o cenário. A primeira carta da leitura representava a situação na qual eu me encontrava. Ele não me disse nada, sabia que eu entendia as regras do jogo.

A segunda carta que ele abriu estava posicionada em posição perpendicular em relação à primeira — o que está interferindo diretamente naquela situação. Outra carta com um nove. O arcano maior do eremita, a pessoa que se retira do mundo, em busca de autoconhecimento espiritual.

"Estas cartas estão todas marcadas?", perguntei.

Eu tremia, e algumas lágrimas escorriam pelo meu rosto sem que eu conseguisse controlar.

A criatura interrompeu o ritual de desvirar as cartas.

"Como assim?"

"Você vai desenhar minha situação atual e construir, com a minha cumplicidade, uma narrativa na qual eu me recupero e encontro paz ou estabilidade? Está tudo programado? Como um cassino que rouba dos jogadores?"

"Não seja apressada", ele disse. "Não sabemos o que as cartas vão dizer."

Eu comecei a desvirar as cartas. O Mago na base, A Imperatriz à esquerda, O Enforcado à direita. Tudo é tão previsível. Desajeitei as cartas, desfiz o desenho da cruz celta, peguei O Eremita e joguei longe. A criatura permaneceu indiferente. Com um impulso, eu me levantei do chão num movimento brusco.

"Não quero saber o que elas dizem. Nada disso me ajuda."

A criatura sorriu.

"Você recebeu duas cartas de número nove."

"Sim, nove, como os nove triângulos que vocês usam. Tudo está conectado, só precisa recortar as informações certas de livros antigos, recortar de uma maneira que dê sentido às coisas. É tudo um truque. Lógica dos paranoicos: tudo se encaixa seguindo uma ordem secreta."

Ele não se importou com meus comentários.

"Nove triângulos que podem ser vistos, em conjunto, como um grande triângulo apontando para baixo. O décimo triângulo", ele explicou, com o mesmo tom que usou durante seu discurso no ritual.

Senti uma imensa dor no peito, ódio queimando as minhas pálpebras e uma exaustão irrefreável se espalhando por todo o meu corpo. As lágrimas já secavam contra as minhas bochechas. Eu queria poder botar fogo naquelas cartas, naquele quarto, naquela pessoa. Pela janela, um brilho mínimo surgia no horizonte. Amanheceria em poucos minutos.

"Isso não me ajuda. Nada disso me ajuda. Os seus triângulos. Os seus espíritos. As suas cartas. Nada disso me ajuda", eu falei, consumindo o pouco que restava das minhas forças.

Ele sorriu tranquilamente e comentou: "Foi você que veio até nós. E que veio até mim, depois de tudo. Em busca de sentido, e as cartas são uma maneira de construir esse sentido".

"Não. Você não entendeu. Eu só quero que as sombras me deixem em paz. A sombra que você ajudou a trazer."

"Não há sombra alguma. Eu já expliquei e você insiste em não me escutar. Não é autêntico. Não é *verdadeiro*."

"Tem uma sombra, sim", eu gritei, "e se eu me virar para trás agora, ela vai estar aqui. Dá pra sentir. Sinto a respiração dela, você me entende?"

O magíster me encarou, e tive certeza de que aqueles olhos também enxergavam, logo atrás do meu corpo, colada às minhas costas, quase me abraçando, quase me dominando, uma sombra que aumentava sem parar.

"E o que você acha que vai resolver essa situação?"

"Eu não sei." A luz do quarto mudou sutilmente. "Já está amanhecendo", falei.

"Acha que o sol vai acabar com todas as sombras?", ele perguntou, quase gargalhando. "Doze horas depois, cai a noite outra vez. E então?"

"Eu não sei."

"O sol se põe e você vai ficar cheia de perguntas de novo. E você acha que todas essas suas perguntas servem para algo?"

"Eu não sei."

"Acha que vai encontrar alguma paz com essas perguntas todas?"

"Não, isso não. Com certeza não", eu disse. "Não", falei mais uma vez, e me virei para trás, para a sombra.

Agradecimentos

A maior parte deste livro foi escrita em 2015, durante minha residência em Iowa City, nos Estados Unidos, como parte do International Writing Program. Agradeço a generosidade de Rakesh Surampudi, do Consulado norte-americano, e de Christopher Merrill, Nataša Ďurovičová, Hugh Ferrer e Kathleen Maris, da Universidade de Iowa. Agradeço também aos amigos que fiz durante a residência, especialmente a Aki Salmela, Yu-Mei Balasingamchow e Teresa Präauer, com quem conversei inúmeras vezes sobre o projeto deste romance.

Em terras brasileiras, agradeço às pessoas que leram e opinaram sobre os rascunhos do livro: André Araujo, Bruno Mattos, Daniel Galera, Gabriela Castro, Letícia Artuso, Marianna Soares, Rafael Falasco, Samir Machado de Machado e Santiago Nazarian. Mando um salve especial a André Conti e Rita Mattar, editores severos, a Rodrigo Teixeira, Joca Terron e, por fim, a Daniel Pellizzari, que, além de ter sido leitor-teste, por dois anos me forneceu toda a bibliografia ocultista que usei na pesquisa.

ESTA OBRA FOI COMPOSTA PELO GRUPO DE CRIAÇÃO EM ELECTRA E
IMPRESSA PELA PROL EDITORA GRÁFICA EM OFSETE SOBRE PAPEL PÓLEN BOLD
DA SUZANO PAPEL E CELULOSE PARA A EDITORA SCHWARCZ
EM AGOSTO DE 2017

A marca FSC® é a garantia de que a madeira utilizada na fabricação do papel deste livro provém de florestas que foram gerenciadas de maneira ambientalmente correta, socialmente justa e economicamente viável, além de outras fontes de origem controlada.